Robson Gabriel

IMPERFEITO

astral
cultural

Este livro foi revisado segundo o Novo Acordo Ortográfico da Língua Portuguesa.

Editora responsável Luciana Bastos Figueiredo
Produção editorial Aline Santos, Karen Barbarini e Natália Ortega
Preparacão de texto DB Assessoria Literária
Foto de capa Shutterstock Images

Dados Internacionais de Catalogação na Publicação (CIP)
Angélica Ilacqua CRB-8/7057

G117i Gabriel, Robson
Imperfeito : é preciso coragem para se libertar /
Robson Gabriel. -- Bauru, SP : Astral Cultural, 2016.
224 p.

ISBN: 978-85-8246-410-6

1. Literatura brasileira 2. Ficção I. Título

CDD B869
CD 82(81)

Índice para catálogo sistemático:
1. Literatura brasileira

Astral Cultural é a divisão livros
da Editora Alto Astral.

BAURU
Rua Gustavo Maciel, 19-26
CEP 17012-110
Telefone: (14) 3235-3878
Fax: (14) 3235-3879

SÃO PAULO
Rua Gomes de Carvalho 1507, conj. 91, bloco B
CEP 04547-005
Telefone/Fax: (11) 3048-2900

E-mail: contato@astralcultural.com.br

VOCÊ PODE CONHECER TUDO E TODOS, MAS A PARTIR
DO MOMENTO EM QUE VOCÊ NÃO CONHECE A SI MESMO,
É COMO SE O SEU MUNDO NÃO PASSASSE DE UMA FARSA.
UMA HISTÓRIA INVENTADA PARA O BEM DAQUELES AO SEU
REDOR PODE SER CAPAZ DE DESTRUIR VOCÊ.

COMO TUDO COMEÇOU

Eu tinha quinze anos quando a partida de futebol mais marcante da minha vida aconteceu. As gotas geladas caíam sobre minha pele suada, me deixando bem puto da vida. As filhas da mãe faziam com que o suor da testa escorregasse pelo meu rosto até os meus olhos, provocando uma ardência danada. Mesmo assim, continuei correndo atrás da bola no meio da lama que se formou pelo campo.

Eu amava o futebol, isso era bem verdade, mas odiava mortalmente jogar na chuva. Mal se passaram quinze minutos do primeiro tempo e o meu short, que era branco, já estava da cor de um pano de chão depois de eu ter caído duas vezes. Mas isso não me desanimou, eu precisava levar aquele título para casa.

Eu corria atrás da bola como um lobo feroz busca sua presa. Driblava os meus inimigos a fim de fazer um gol, mas sempre era impedido nos momentos decisivos.

Andy começou a gritar alguma coisa pra mim, mas eu consegui entender pouco.

— Vai! — esbravejava ele, indicando para que eu tomasse a bola do time adversário.

Comecei a correr em direção ao jogador de camisa número dez, que brincava feito bobo com a bola em seus pés. Chegando perto do meu adversário, decidi apertar o ataque, investindo com o pé direito para roubar a bola, mas não consegui.

Colei meu corpo ao dele, quase o derrubando sobre o gramado todo enlameado.

Cai, filho da mãe, pensei, essa bola é minha!

A situação em que estávamos, um contra o outro, desesperados pela bola, era no mínimo engraçada. Me sentia um palhaço maníaco de tanto pressionar o garoto, mas aquele era o meu momento. Então dei uma investida rápida, finalmente conseguindo roubar a bola.

Saí em ziguezague, desviando dos outros jogadores. Avistei Eric perto da grande área, ele acenava para mim, pedindo a bola, mas fiz o melhor para o jogo. Ao invés de passar a bola para ele, dei um toque para Andy.

Meu melhor amigo fazia graça com a bola, desviando dos garotos do outro time com dribles animados e risadas de deboche. Até que resolveram acabar com a graça dele.

Um brutamontes que tinha o dobro do meu tamanho avançou ferozmente contra Andy, empurrando-o para longe da bola. Fiquei pê da vida e saí correndo em direção a eles, morrendo de vontade de socar a cara daquele que machucou meu amigo.

Andy chacoalhava a cabeça como quem quer colocar os parafusos no lugar, mas nada de grave parecia ter acontecido. Suspirei aliviado. Em seguida, estendi a mão para ajudá-lo a se levantar.

— Tá tudo bem, princesa? — disse rindo, sentindo a força da mão de Andy. Me esforcei um pouco para erguê-lo, o filho da mãe era mais forte e mais alto que eu, mas o que a gente não faz por um amigo, não é mesmo?

Andy me deu um abraço seguido de um tapinha na bunda — sério? — que me deixou vermelho feito um pimentão. Minha sorte é que ninguém pareceu notar, ou vai ver isso era algo bem mais normal do que eu poderia imaginar. Por isso, voltei a prestar a atenção no jogo que estava rolando.

Correndo atrás da bola, percebi o olhar furioso do gigante que derrubou Andy recair sobre mim, mas não me importei e continuei esperando o passe. Quando Eric finalmente me passou a bola, perdi a jogada, e com ela a minha chance de fazer o meu tão desejado gol.

— Droga — pensei alto demais, então voltei a minha atenção para o jogo e consegui recuperar a bola de um garoto magricela.

Talvez aquele fosse o momento certo para afundar a rede, tinha que ser. Eu estava chegando perto da grande área quando notei a presença da montanha de músculos atrás de mim. O cara devia se achar o maioral, não é? Mas ele não me intimidou em nenhum momento. Continuei correndo em direção ao gol, prestes a chutar.

Então fui empurrado com toda a força por alguém. Levantei-me, soltando fogo pelas ventas, partindo em direção ao trouxa que tinha me derrubado com os punhos já erguidos, mas Eric me agarrou pelas costas em um abraço apertado. Eu me debati feito uma galinha prestes a ser sacrificada enquanto a força de Eric só aumentava sobre mim, quase me deixando sem fôlego.

Com o árbitro apitando feio um louco, Eric começou a se afastar, me arrastando com ele. De certa forma, ter meu corpo colado ao dele me causou uma sensação nova, algo interessante e gostoso que eu não sabia definir. Aquilo tomou conta de mim e, com toda a certeza do mundo, também do Eric.

Sem saber onde enfiar a cara, vi que estávamos excitados com aquilo! Que merda era aquela? Que diabos estava acontecendo? Não conseguia entender.

Eric, depois de Andy, era o meu melhor amigo naquela porcaria de escola. Daí o cara vai, me livra de sair na porrada com um moleque que eu nem conheço, e do nada a gente fica assim, durinho?

— Me solta! — gritei, meu rosto queimava de raiva. — Porra, Eric, me solta logo!

Não entendia nada do que estava acontecendo com a bosta do meu corpo, mas em vez de me afastar, tinha a impressão de que uma força invisível me empurrava para cada vez mais perto do garoto que estava atrás de mim.

Já estávamos próximos dos bancos de reserva, quando senti o volume do shorts dele ficar ainda maior. Eu até conseguia imaginar como o corpo de Eric era sem aquela roupa... Mas não queria, não podia nem mesmo pensar naquilo, não era certo. Então usei de toda a minha força — de repente eu me sentia o Super-Homem — para me afastar dele e desferi um belo gancho de direita no seu rosto. Ele era o culpado daquilo ter acontecido comigo!

O garoto não caiu de costas por muito pouco, me deixando preocupado e arrependido na mesma hora. Mas, ao contrário do que qualquer um espera de alguém que tenha a cabeça quente, eu não continuei a agressão, simplesmente comecei a chorar, envergonhado por tudo aquilo.

Comecei a correr, com a chuva impedindo os outros de verem as minhas lágrimas escorrerem pelo rosto. Por mais que eu não soubesse exatamente o motivo de me sentir mal daquela forma, sentia vergonha do que havia acontecido, sabia que nada daquilo que fiz havia sido certo.

Que merda vão achar de mim?, pensei. Se ficarem sabendo o que aconteceu entre o Eric e eu, vão me matar!

Minha cabeça estava uma bagunça, uma palhaçada tão grande, que nem percebi minha expulsão do jogo. Despertei dos pensamentos ao ter meu braço esquerdo agarrado pelo técnico do nosso time, que me arrastou até os bancos e começou a gritar comigo:

— Da próxima vez que você tiver esses ataquezinhos, você está fora do time. — Ele respirou profundamente e voltou a falar. — Tá entendendo, seu merda?

Abaixei a cabeça feito um cãozinho arrependido, concordando com o que disse. Sair do futebol seria minha morte. Consegui me segurar por um bom tempo, mantendo a minha atenção no jogo. Estávamos ganhando de três a zero, o que me deixava bem animado e confiante com o resultado.

Um deles foi de Eric. Lembro bem de quando ele chutou a bola com toda a sua força, pareceu que ia rasgar a rede. Quando finalmente saiu o gol, levantei pulando de alegria e então, vi meu amigo olhando para mim, lançando em seguida uma piscada. Me sentei automaticamente, vermelho de raiva — ou de vergonha, ou de outra coisa, não sei dizer ao certo — e continuei focado no jogo.

Faltando pouco para o fim do primeiro tempo, Eric fez a loucura de dar um carrinho em um dos jogadores do time adversário e acabou sendo expulso. Me esforcei ao máximo, de verdade, para não olhar para ele. Não queria que o garoto visse os meus olhos e nem gostaria de ter a confirmação sobre algo que eu desconfiava há muito tempo, mas não conseguia dizer em voz alta, ou assumir para mim mesmo.

Eric veio em minha direção, com um gingado solto e bem sexy, e eu não conseguia parar de prestar a atenção nos movimentos de sua cintura. Eu torcia para que ele não se aproximasse de mim, então abaixei a cabeça e comecei a encarar minhas pernas.

Mas de nada adiantou. Ele se sentou ao meu lado.

No mesmo instante em que aquilo aconteceu, meu sangue pareceu congelar, comecei a tremer. Não de frio. Cara, eu estava tremendo de medo do que eu sentia ali, naquele banco. E as coisas ainda ficaram mais tensas quando sua perna tocou a minha. Pude sentir os pelos de sua coxa tocarem os meus, fazendo com que um choque me percorresse por inteiro.

Quando eu pensava que as coisas não poderiam ficar mais constrangedoras, Eric colocou uma de suas mãos em minha perna esquerda. Eu tentava ficar indiferente, agir com naturalidade, não olhar para ele ou para a sua mão, mas o desgraçado começou a acariciar a porra da minha coxa! Eu podia sentir meu rosto ficar vermelho como um pimentão, como se o próprio inferno invadisse o meu corpo.

O que ele estava pensando, meu Pai? Eu simplesmente não conseguia — me recusava — a entender o que havia levado meu amigo a agir daquele jeito. Ele me provocava, puxando os pelos loiros de minha perna, mas eu não conseguia me mover para acabar com aquela palhaçada. Algo em mim queria aquilo, enquanto a outra parte dizia que aquele contato tinha de terminar.

Para de ser frescurento, você está gostando que eu sei!, meu lado mau ficava repetindo.

Aquilo precisava acabar logo ou eu estaria fodido. Contra todas as minhas vontades, agarrei a mão de Eric e a tirei de minha perna. Depois o encarei enfurecido. Eu queria mesmo era dar outro murro naquele rostinho bonito, mas se fizesse isso ali, diante de todo mundo, podia me encrencar ainda mais. Então, sem medo algum, me virei para ele e disse com toda a força que havia dentro de mim:

— Você pirou ou o quê? — Tentei falar o mais baixo possível. — Vai se foder cara, eu sou seu amigo!

— E daí que você é meu amigo? — ele disse, rindo, e tirando sua mão da minha. — Ninguém disse que amizade não pode ter benefícios!

— PORRA! — Gritei, sem conseguir me controlar. Então, parece que os deuses conspiraram ao meu favor e o juiz apitou o fim do primeiro tempo.

Levantei-me, apressado e constrangido com aquela palhaçada, mas antes que eu pudesse começar a andar até o vestiário e colocar a cabeça no lugar, Eric segurou a minha mão.

Meu sangue estava fervendo, tinha a impressão de que eu iria estourar a qualquer momento e perder o controle. Abaixei a cabeça, respirei fundo e contei até dez, conseguindo me acalmar um pouco. Com força, puxei minha mão, soltando-a da de Eric e segui para o vestiário.

Lá dentro, me sentei em um dos bancos de madeira, bem ao fundo da sala. Eu estava rodeado de armários de um cinza sujo e meio enferrujado. Por mais que tentasse, eu não conseguia parar de pensar no que estava acontecendo entre Eric e eu. Tinha a impressão de que já não o conhecia mais, que meu amigo havia sido sequestrado e que colocaram um clone enlouquecido no lugar para me atormentar.

Não conseguia mais ficar sentado. Aproveitei que estava sozinho e comecei a andar em círculos, para esfriar a cabeça. Quanto mais pensava, mais a raiva crescia dentro de mim, então segui em direção a um dos armários e, sem ligar para as consequências, esmurrei o móvel com o máximo de força que consegui.

Senti, instantaneamente, os nós de meus dedos doerem, cortados, mas eu não me importava. Antes que alguém resolvesse entrar no vestiário, fui até a pia e lavei as mãos, vendo o sangue escorrer junto da água até o ralo metálico.

•••

O resto do jogo foi melhor do que eu esperava.

Andy conseguiu marcar mais um gol, mas isso o custou um belo tornozelo torcido. O coitado passaria as próximas semanas com o pé enfaixado, um desperdício total. Para a sorte do time — ou não — eu voltaria nos próximos jogos, então estava tudo bem. Tinha certeza de que seríamos campeões.

Eric parece ter entendido meu recado e me deixou em paz. Quando voltamos do pequeno descanso do segundo tempo, ele não se sentou ao meu lado, mas, sim, na última cadeira do lado esquerdo. Para o bem ou para o mal, o desgraçado nem olhou para mim.

Seja o que for que ele achava que estava sentindo, tinha acabado. Só que as coisas ainda ficariam na minha cabeça por um bom tempo. Eu tentava tirar algum sentido daquela palhaçada toda, mas simplesmente não conseguia. Afinal, com quinze anos, eu deveria saber muito bem o que queria, não é? Se for o caso, saber por que havia gostado do Eric se esfregando em mim?

Para com isso, seu bostinha, disse a voz em minha mente

Meus amigos, principalmente meus pais, jamais aceitariam a situação toda se eu tivesse feito o que Eric queria, se eu tivesse lhe dado bola e caído pra cima. Então, sim, acho que tomei a decisão certa.

Aliás, eu estava namorando fazia um tempinho. Quer dizer, estava ficando com a Suzi, uma garota bem bonitinha do primeiro B. Era só coisa boba, sabe, uns beijinhos ali, umas idas ao cinema, nunca passou disso. Mas, mesmo assim, ela não merecia que eu fizesse o que meu corpo queria.

Bom, que se dane esse assunto, acabou! — Era o que eu queria gritar. O que importava é que a gente tinha vencido o jogo e a veadagem pra cima de mim tinha acabado!

Quando o técnico do time parou de falar feito um papagaio, pudemos nos levantar daqueles bancos duros e nada confortáveis. Minha bunda agradeceu. Então, como nenhum dos bobalhões do time se ofereceu para ajudar o Andy — e meio que era minha obrigação de melhor amigo, né? —, eu me levantei antes dele e ofereci meu ombro como apoio. Sua pele estava quente, pegajosa e exalava um cheiro estranho. *Eew, que coisa nojenta, cara!* Mesmo assim fui forte. Levei seu corpo pesado até o vestiário, que estava com um cheiro azedo e cheio de vozes juntas, uma verdadeira algazarra pós-jogo.

Logo que o deixei em um banco perto dos chuveiros, segui, apressado, para o armário número trinta e seis que, por ironia do destino, era o mesmo que eu havia socado mais cedo. Abri a portinha acinzentada e peguei toalha e sabonete lá de dentro. Depois me sentei no banco em frente até que todos fossem embora.

Esperei ali uns bons quarenta minutos. Não era muito fã de expor meu corpo pra aquele bando de homens, e não dava para tomar banho de roupa. Percebi que as vozes foram se acalmando aos poucos e resolvi me levantar, seguindo para os chuveiros, que estavam vazios, graças a Deus!

Arranquei o uniforme sujo e o joguei no chão, abrindo o registro do chuveiro em seguida. A água quente caía por sobre meu corpo nu, levando tudo, inclusive os resquícios deixados pelo toque de Eric. Sentia que além da sujeira, a água carregava a culpa, a dúvida e a tentação.

Eu tinha feito a coisa certa, só que, porra, não conseguia parar de pensar em como as coisas poderiam ser diferentes se eu tivesse dado bola para o Eric, se eu tivesse aceitado o risco. Mas, não, fui um covarde.

Dizem que para sabermos do que gostamos de verdade, precisamos experimentar de tudo um pouco, mas me recusei a acreditar nisso — tinha medo de acreditar, para falar a verdade. E se eu tivesse gostado? Estaria perdido pro resto da minha vidinha medíocre.

Que se dane, já tinha passado mesmo. Então continuei o banho, ensaboando todas as partes do meu corpo, com medo de que qualquer cheiro de Eric continuasse em mim. Passei pela minha virilha e, quando o sabonete deslizou por ali, senti um calafrio diferente, mas o ignorei. Me virei para que a água escorresse melhor pelas costas.

Eu só não esperava o que viria a seguir.

Ouvi, ao longe, passos lerdos e bem calculados vindo em minha direção. A água do chão fazia um barulho tímido, como se a pessoa não quisesse ser notada. Trouxa, eu o ouvi muito bem, mas já era hora de eu perder essa frescura de não ficar pelado na frente de ninguém.

Os passos estavam cada vez mais próximos e eu já podia sentir o calor do corpo desconhecido se aproximando de mim, as respiração calma e ritmada. Sem conseguir prever, senti algo tocar minha bunda. Deve ter sido impressão minha, então continuei a deixar a água escorrer em meu corpo. As coisas ficaram estranhas de verdade quando a pessoa se aproximou ainda mais de mim e eu pude, finalmente, perceber que a coisa que me tocou por trás não era nada pequena. E estava bem dura, por sinal.

Me virei na hora, pronto para meter um belo de um soco na fuça de quem quer que fosse o sacana que estivesse atrás de mim, mas ele foi mais rápido do que eu e segurou minha mão, abaixando-a em seguida.

— Não via a hora de encontrar você sozinho — Eric, o traíra, dizia com a voz toda doce e meiga. Um sorriso malicioso estampava seu rosto, o que me deixava com mais raiva ainda. Tinha vontade de quebrar todos aqueles dentes brancos.

A pele morena de Eric ainda estava suada, o que lhe dava um brilho especial. Seus olhos castanhos me encaravam, sedutores e cheios de desejo. Eu não pensava em nada mais, a não ser no que havia me tocado minutos antes. Contra todos os meus medos, queria olhar para baixo, para o motivo de toda a minha dúvida, mas resisti. Deixei meus olhos presos em seu rosto, na mecha do cabelo castanho e enrolado que caía sobre seu olho esquerdo. Eu estava envergonhado, ele deve ter percebido, pois soltou um riso malicioso e debochado, mas criei coragem para dizer:

— Sai de perto de mim. — Não havia convicção alguma em minhas palavras, mas soltei minha mão da sua com a maior força que consegui e me afastei vagarosamente de seu corpo, me encostando na parede.

Diferente de todas as probabilidades que imaginei, Eric não se afastou, o bendito começou a me seguir. Ficou a poucos centímetros de mim, como se estivesse prestes a me beijar. Eu podia sentir o calor de sua respiração, seu cheiro, a vontade dele de me pressionar contra a parede. Eu não entendia, de jeito algum, o motivo de não conseguir dar um basta naquilo. Estava paralisado, amando aquilo e odiando por aceitar tudo tão passivamente. Não era possível, eu estava ficando mole, um bichinho indefeso e Eric era o predador.

O moleque era decidido, de verdade, pois logo avançou em minha boca. Nossos lábios finalmente se tocaram, mas, ao contrário do que ele esperava, consegui manter a minha fechada.

Não sabia se sentia nojo ou se me rendia àquilo. Então, decidi o mais óbvio e correto, o afastei com uma bela joelhada no saco. Eric se afastou com um grunhido abafado, as duas mãos envolvendo o sexo agredido.

Não consegui me aguentar e comecei a rir, feito um bobo, mas me sentia aliviado. Eu me afastei, e quando finalmente conseguir me acalmar, vi que Andy estava ali, me olhando de forma desconfiada. Quanto do que aconteceu ele presenciou? Não sei e acho que nunca vou saber.

Após me lançar um olhar que parecia me destruir, Andy se virou silenciosamente e desapareceu em meio aos armários, me deixando sozinho com o tarado do Eric novamente.

— Doeu, veadinho? — provoquei, me esforçando para não começar a rir novamente. — É pra você aprender a não mexer com quem tá quieto. Agora some da minha frente antes que eu esqueça que você era meu brother e encha você de porrada.

Ele me lançou um olhar furioso, cheio de mágoa, indicando que um dia eu pagaria pelo que havia feito, e saiu dali apressadamente, tropeçando em um dos bancos de madeira.

Depois daquele dia, nunca mais troquei uma palavra sequer com Eric, mas eu definitivamente me lembraria de cada detalhe e, sem dúvidas, pagaria por minha imbecilidade. Porque ele havia despertado algo em mim que nunca mais adormeceria.

1

3 ANOS DEPOIS

— Dan, cadê a fita adesiva que eu pedi pra você? — Ela me encara com uma expressão de quem não tem o dia todo. — Essas bexigas não vão ficar coladas no teto sozinhas, ou vão?

Caramba, a Bia sabe ser bem chata quando quer e ai de quem não atende seus pedidos. Então, coloquei uma expressão arrependida no rosto, dizendo em seguida:

— Ahh, esqueci!

Beatriz bufa, puta da vida com o meu descaso por detalhes bobos como aquele. Não espero as coisas piorarem e me mando dali, acelerando o passo para atender o seu pedido.

Toda essa loucura que se desenrola na minha casa é por um motivo simples: combinamos com os meus pais de fazer a festa de despedida do ensino médio aqui e eles, por serem bem tranquilosacabaram aceitando numa boa — depois de terem me dado um grande sermão sobre drogas e o bláblábla todo. Então, a casa é toda nossa, sem nenhum adulto vigiando as coisas que aprontamos ou não.

No início, tudo estava certo para sermos apenas nós quatro — André, também conhecido como Andy, Beatriz, a Aline e eu, Daniel, também conhecido com Dan -, mas qual festa tem graça com apenas quatro pessoas? Então, decidimos convidar mais alguns amigos, que, óbvio, convidaram outros, que chamaram mais gente, e por aí vai... Assim, tenho certeza de que em pouco tempo a casa estará lotada e cheia de gente bêbada.

Como sempre, Beatriz, a rainha dos holofotes, ficou responsável por me ajudar com a decoração; Andy e Aline ficaram com a escolha das músicas; e, claro, cada convidado deve trazer suas bebidas. Com isso, nossa festa tem tudo para marcar a história de todos naquele colégio infernal. Com certeza vamos fechar esse período com chave de ouro.

Corro pela varanda, chegando à porta que dá para a sala. Passo rapidamente pelo cômodo, desviando da mesinha de centro e dos sofás de veludo vermelho. Chego ao corredor apertado que liga a sala à cozinha e não consigo deixar de reparar na enorme quantidade de fotos nas paredes de cor azul bebê. Nelas estão expostas todas as fases de minha vida e do meu irmão, desde o nosso nascimento até agora. Nas paredes há também prateleiras de vidro, onde estão dispostos meus troféus de futebol e os de natação do Alexandre.

Não sei que porcaria se passa na cabecinha dos meus velhos, mas nunca vi um povo que gosta tanto de exibir a vida para os outros. Poxa, qual a necessidade de tanta foto? Deus me livre!

Chego à cozinha e aperto o botão na parede à minha esquerda e então a luz, clara e ofuscante, se acende. Sigo até a geladeira de inox e pego uma garrafinha de água. Dou algumas goladas no líquido refrescante e a repouso no balcão de mármore negro da pia. Abro as várias gavetas do armário monstruoso debaixo do balcão e me perco com tanta porcaria, coisas provavelmente nunca usadas que minha mãe gostava de acumular.

Como será que ela achava as coisas naquela bagunça?!, eu penso, abrindo as gavetas. Seis gavetas cheias de coisas inúteis!

Quase desisto de encontrar algo por ali. Por fim, acho a tal fita na sexta gaveta, vermelho de raiva.

Demoro mais alguns minutos para fechar e arrumar um pouco da zona, mas desisto na metade e volto a fazer minha obrigação. Só tendo um saco bem grande pra aguentar a Bia dando chilique e esse monte de tranqueiras desnecessárias da minha mãe, tudo ao mesmo tempo para aporrinhar a minha noite.

Com a bendita da fita em mãos, sigo para o quintal rapidamente e a entrego para Bia sorrindo, como se tivesse ganho uma batalha de videogame, e corro antes que ela me mate. Sinto que se ela tivesse uma arma no lugar dos olhos, eu praticamente teria sido destruído, tal foi o jeito como ela me olhou antes de subir a escada de alumínio. Se eu achei que poderia escapar dela, estava muito enganado.

— Dá pra você ir pegando as bexigas e me entregando, ou está difícil? — ela diz, com cara azeda. Para não irritá-la ainda mais, começo a pegar as bexigas do chão e as entrego para Beatriz, antes que meu saco estoure com tanta irritação e ela saia correndo atrás de mim, com as suas unhas afiadas.

Perdemos pouco mais de meia hora com isso e, após muito esforço e reclamações — não preciso falar de quem —, vimos o nosso trabalho finalizado. E vou dizer uma coisa: que coisa mais tosca ficou o teto! Sério mesmo, acho que vim parar em uma festa infantil sem saber. Essa caralhada de bexigas coloridas coladas no teto branco estão me dando uma sensação estranha de vertigem, uma vontade louca de vomitar. Sinto vontade de estourar uma a uma, mas faço apenas uma cara de quem comeu e não gostou para Bia.

— O que achou? — Ela parece estar contente com o resultado. O que eu deveria fazer? Ser sincero ou simpático? Prefiro optar pela primeira opção.

— Ah, Bia, ficou um pouco brega — seu olhar de laser se volta para mim novamente, e tento corrigir —, mas quebra o galho, né? — afirmo, bem debochadamente, querendo realmente tirá-la do sério. Ela levanta a mão direita fingindo que vai me dar uma porretada, mas começa a rir, concordando.

— É o que tem para hoje. — Ela encara as bexigas coloridas, coladas por toda a varanda. — Se alguém achar ruim, que se dane.

Bato palmas para ela, enquanto minha amiga junta as tranqueiras que ficaram pelo caminho e joga no saco de lixo azul, que está ao lado da escada.

— Aproveita e guarda as bexigas que sobraram. Vamos enchê-las e colocá-las na piscina mais tarde.

Me viro, bufando, para servir novamente de escravo da amiga mandona, quando vejo meu irmão chegando com alguns amigos. Ele segue em minha direção, com um sorrisinho descarado no rosto.

O pivete é apenas alguns anos mais novo que eu — acho que uns três anos, não sei direito —, só que muito mais mimado e, como algumas das minhas amigas acham, muito mais gato. Ao contrário de mim, ele herdou o cabelo preto e lisinho do meu pai e também os seus olhos verdes e misteriosos. Enquanto ele é bronzeado, eu sou pálido; eu sou alto e esguio, ele, baixo e musculoso; Eu fico mais na minha, ele é o porra louca da turma. Mas temos algo em comum: ambos nos esforçamos para manter o corpo malhado. Já próximo a mim, ele sussurra, batendo nas minhas costas:

— A bagunça vai ser boa hoje, hein?

— Vai, sim. Uma pena que você não foi convidado, Alexandre! — Tento parecer irritado, porém, na verdade, meu irmão me deixa entediado. Ele vive se achando, querendo cantar as garotas da minha classe, mas só consegue ser o chato mesmo. Muitas pessoas que eu conheço só concordaram em vir se ele não estivesse por perto. Dá para imaginar como ele é legal, né?

Ele me encara fazendo de conta que não está entendendo merda nenhuma, até que um sorriso malicioso começa a se formar em seus lábios. Alexandre encara os seus comparsas — os caras parecem saídos de uma gangue — e se vira novamente para mim, com o sorriso branco ainda maior em sua face.

— E quem disse que eu não sou convidado pra uma festa na minha casa, Daniel? Já até trouxe meus convidados, olha! — Ele ri, os braços abertos para indicar os amigos.

Só a ideia de tê-lo por perto já me deprime. Penso em um monte de coisas que posso falar para brigar com ele, mas sei que não posso resolver nada. Como poderia impedi-lo de participar da festa? Então, dou de ombros e volto a fazer minha obrigação, deixando-o no vácuo.

Noto que ele e os amigos ainda ficam por ali, com suas brincadeiras bestas, e fico pensando em como eles conseguem ser tão insuportáveis, um bando de riquinhos que não são contrariados e conseguem facilmente o que querem. Não que eu seja diferente deles. Meus pais me dão o que preciso, se eu pedir. A única diferença é que sei do esforço que tenho de fazer para conquistar as minhas coisas e valorizá-las. Já não posso dizer o mesmo do meu irmão.

Novamente me viro para encará-los e sem que eu perceba, me pego pensando em como eles são bonitos...

O quê?!, me repreendo silenciosamente. Isso é coisa a se pensar? *Dan, está ficando louco?*

A verdade é que, por mais que eu tente evitar, estes tipos de pensamentos têm se tornado cada vez mais constantes. Simplesmente não consigo deixar de notar a beleza de outro homem. Às vezes, até sinto um tipo de comichão entre as pernas, ou uma tremedeira. Pior é se eu pego o outro garoto me olhando: a boca seca e o coração acelera de tal forma que tenho de sair de perto o mais rápido possível. Será que estou ficando doido e aquilo seria apenas uma coisa da minha cabeça?

Tento esquecer aquelas baboseiras e termino de enfiar as benditas bexigas dentro de um saco de lixo para utilizarmos depois. Encaro Alexandre, como que perguntando o que ele ainda está fazendo ali, na minha frente, com todos aqueles garotos.

— Vão enfeitar a festa, como se fossem um bando de vasos? Se for isso, fiquem nos cantos para não atrapalhar, por favor.

Meu irmão é burrinho, na verdade, e faz uma cara de quem não entendeu nada. Então, prefiro jogar tudo na cara dele de uma vez:

— Não vou perder tempo explicando para você, Alexandre. Mais tarde a gente conversa. Por que você não vai jogar um pouco de videogame com essa galera, enquanto eu e a Bia arrumamos o resto das coisas?

Ele dá um breve aceno com a cabeça e logo sua "gangue" o segue escada acima, em direção ao seu quarto. Bia me encara com incredulidade e finalmente abre a boca:

— A gente vai mesmo ter que aturar esse pirralho a noite toda? — Ela solta o ar, pesadamente. — Ninguém merece!

Bia pode nunca ter me dito, mas tenho quase certeza de que, bem no fundo desse coraçãozinho de pedra, ela sente alguma atração pelo meu irmão. Nem que seja algo superficial. Quem sabe eu não descubro esta noite?

— Vamos, Bia. Algo me diz que a noite vai lacrar! — digo, empurrando-a para voltarmos ao serviço.

O tempo voou e as quatro horas antes do início da festa passaram em um piscar de olhos. Olha, vou falar uma coisa: como é cansativa essa coisa decorar festa, pelo amor de Deus! No meio da bagunça, Line e Andy chegaram com as músicas, logo após a Queen B e eu terminarmos aquela decoração vintage — tradução para brega —, e começaram a testar as *playlists*. Foi aí que meu humor piorou, pois nunca ouvi tanta coisa chata na minha vida! Mas, graças à Santa Padroeira dos Ouvidos Agredidos, consegui sobreviver a este atentado. Só faltou o Silvio Santos perguntando *Qual é a música?* depois que cada faixa terminava.

Nós quatro ficamos assim, organizando tudo, juntinhos, ombro a ombro, parecendo as Garotas Malvadas — ou o certo é Meninas Malvadas? —, só que tínhamos dois cuecas no meio da formação. Depois que estava tudo organizado, a pressa para nos arrumarmos era tanta, que praticamente apostamos uma maratona pelo quintal. Chegamos à sala esbaforidos, mesmo assim tínhamos um fôlego extra para subirmos as escadas até os quartos.

Enquanto as meninas vão para o quarto dos meus pais, eu e Andy entramos no meu. Por sorte, não temos essa frescura das garotas e ele tira a sua roupa, ficando peladinho da silva diante de mim, me fazendo morder os lábios sem querer.

Por que esse garoto é tão bonito, meu Pai?

Suspiro disfarçadamente e sinto meu rosto corar instantaneamente, mas parece que o André não percebeu que o comi com os olhos. Afinal, era normal aquilo, né? Digo, é normal olhar outro cara e admirar a sua beleza, não há nada de errado nisso. Pelo menos é no que eu prefiro acreditar.

2

Enquanto Andy entra no banheiro, começo a preparar a minha roupa para a festa, antes de ir tomar uma boa ducha. Não demora muito para ele sair, o corpo coberto apenas com uma toalha presa pela cintura. Sem graça, desvio o rosto o máximo que posso e peço licença, entrando no banheiro ainda vestido.

Fico nu e entro no chuveiro, deixando apenas a água tirar o suor do meu corpo. Passo um pouco de sabonete, sem perder muito tempo. Me seco rapidinho, visto uma cueca boxer preta e saio do banheiro. Para o meu tormento, Andy está ali, perto demais de mim.

Não posso ficar assim, com cara de cachorro diante do osso. Preciso de música para afastar meus olhos do meu amigo.

Ligo o aplicativo e coloco as minhas músicas em modo aleatório. Sou pego de surpresa quando "*Kids in Love*", do Mayday Parade, começa a tocar. Gosto de músicas melosas, com cara de Sessão da Tarde. Então, deixo-a tocar.

Enquanto a voz de Derek Sanders ressoa nos alto-falantes, me esforço para não olhar Andy mais uma vez. Mas quem disse que eu consigo? Perco o restinho da noção que tenho e fixo o meu olhar em seu corpo, só de cueca no meu quarto. Isso me causa uma sensação estranha, que não sei se gosto. Sempre fomos amigos e isso nunca tinha acontecido comigo antes. Éramos do mesmo time de futebol há anos e convivemos desde que eu me conheço por gente. Não posso estar batendo bem das ideias para me sentir tão estranho assim diante dele.

Andy encara as suas roupas espalhadas em cima da minha cama, todo fingido, achando que eu sou bobo. Ele já percebeu o meu olhar em cima dele. Me viro antes que ele me confronte, bravo comigo pela secada, mas me ferro completamente quando ele diz, sem me encarar, em voz baixa:

— Tá com inveja do meu corpo escultural, Dan? — Sinto os olhos dele encima de mim. Ergo o rosto e vejo que ele me encara fixamente.

Como toda pessoa de natureza tímida, começo a rir em uma tentativa de sair daquela situação constrangedora. Então, consigo responder, com a boca seca:

— Para, mano! — Assim, acabo de descobrir que não sou um bom ator. — Olha bem pra minha fuça e vê se tenho cara de quem tem inveja de outro cara?

Andy começa a rir comigo. Respiro mais aliviado, a cumplicidade que existe entre nós dois é inabalável. Afinal, essas são coisas que amigos fazem juntos, certo? Se trocam, falam das garotas e bebem juntos. Somos como irmãos. O carinho que sinto por ele é maior do que o que sinto até por Alexandre.

— Você não vai se trocar, Daniel? Já, já, as meninas começam a gritar os nossos nomes aqui na porta...

Fico meio indeciso... Apesar de ter ficado o maior tempo escolhendo, eu ainda não sei o que vestir. Mas como a piscina está liberada, acho que vai ser massa colocar um chinelinho, uma bermuda florida e camiseta *à la Havaí*, bem moda praia.

Enquanto fico pensando, Andy é bem mais rápido que eu: já botou uma regata bem apertadinha — Hmm — e uma bermuda de lona, exibindo bem os seus braços, as pernas, tudo. Muda o foco, Dan!

— Bora, cara? Vamos chamar aquelas peruas pra descer e começar logo a animar a festa.

Andy está ansioso para encher a cara e ficar louco. Posso ver em seus olhos que está. Ele é assim, não liga de dançar feito um retardado em festas e adora beber até dar vexame. Eu só fico observando... Não gosto de perder o controle.

Termino de colocar a minha roupa e dou uma bagunçada no cabelo. Tomo um banho de perfume e saio da frente do espelho, depois de conferir se está tudo no lugar. Saímos do quarto e seguimos em direção ao dormitório dos meus pais, para chamar as garotas. Bato na porta de um jeito brincalhão e posso ouvir o barulho de bijuterias caindo no chão.

— Quase prontas! — Line grita lá de dentro.

Esperamos alguns minutos, que mais parecem uma eternidade. *Garotas, por que são tão indecisas?*

A porta se escancara e um mix de perfumes, entre o doce e o cítrico, nos golpeia. A visão das duas arrumadas é deslumbrante. Line está com uma saia jeans bem curta e justa, com uma blusa branca sem alças. Já Bia decidiu investir num vestidinho de praia, bem colorido. Os brincos extravagantes das duas fazem uma bela combinação com os saltos gigantescos.

— Vocês vão passar o rodo na festa hoje, hein? — comento, com um quê de brincadeira na voz. Elas caem na risada.

— Não, seu bobo. — Bia não consegue parar de rir. — Hoje é a nossa noite. Nada de pegação. Nesta noite somos só nós quatro.

— Eu entendi bem? Vamos ter uma orgia da amizade? — Andy provoca, sempre um pervertido.

— Com certeza! — É Line quem responde. — Vai ter uma orgia com os meus cinco dedos na sua cara.

Nossas risadas soam como um galinheiro em festa. Devem ter sido realmente escandalosas, já que meu irmão logo aparece na porta com os amigos dele, tentando espiar o que estava acontecendo.

— Ok, vamos descer antes que a creche resolva pedir doces pra gente — Bia comenta assim que os vê. Ela começa a descer e, como de costume, nós a seguimos.

Line corre para ligar o som da festa, com sua *playlist* extravagante e animada — de acordo com as palavras dela. Andy vai encher os barris com gelo e Bia fica comigo, observando o nosso trabalho com a decoração. A piscina está iluminada com diversas cores, vindas de holofotes espalhados pelo quintal. Há balões pendurados por todo o jardim e potes de salgadinho em mesas que ela espalhou pelo gramado.

— Até que ficou legal, não é, Dan? Acho que essa festa vai marcar a nossa história.

— Ficou bem legal mesmo e se alguém colocar defeito, que se dane. Olha, esse não é o fim da nossa amizade, pode tirar essa cara de velório. Vocês vão ter que me engolir durante muito tempo — digo, rindo.

Logo as pessoas começam a chegar e cada uma traz consigo pelo menos uma caixinha de cervejas ou alguma bebida destilada. A festa vai bombar, do jeito que planejamos. Não posso estar mais feliz. Finalizamos essa fase de colégio juntos e de uma maneira impressionante. É hora de começar a beber um pouco.

— Bia, vou até ali pegar uma breja para a gente — digo a ela, já me levantando.

— Ok, me encontra na mesa da Line e do Andy. — Ela aponta para os dois. Eu concordo antes de sair.

Nós compramos nossa própria cerveja para que não surgisse alguma marca desconhecida e ruim. Sigo até a cozinha e abro a geladeira. Meu irmão com certeza deve ter colocado a *vodca* do nosso pai pra gelar e eu não estou nem aí, ele que se explique depois. Pego quatro *long necks* e volto para o quintal.

Mas nada que é bom dura para sempre. Meu irmão desce com seus amigos, todos com uma cara bem pirada, enquanto vou ao encontro dos meus amigos. A voz de Ke$ha retumba nos alto-falantes. Sério que a Line colocou Ke$ha na playlist? Pelo visto a noite reserva muitas surpresas para nós.

À caminho da mesa, encontro com alguns caras do time de futebol e vários outros alunos do terceiro ano. Como em toda festa, o pessoal do primeiro e do segundo ano vão de penetras, mas isso não me incomoda. Já fui em várias festas desse jeito.

De longe eu posso ver que Andy embaralha algumas cartas. Ah Andy, o viciado em truco. Pena que ele não goste de perder e eu, quando tenho Line como parceira, não seja derrotado nem uma única vez. Vejo que os meus amigos estão realmente entusiasmados com a possibilidade de jogar e essa euforia começa a me contagiar. Chego à mesa e me sento ao lado de Bia, colocando uma cerveja na frente dela.

— Não me diga que você quer perder no truco de novo, Andy? — Provoco, afagando sua cabeça.

— Dan, você não vai ganhar merda nenhuma do deus grego aqui! — Ele passa a mão na barriga sarada e olha para mim conspiratoriamente, me forçando a desviar o olhar. Será que ele não via o quanto aquilo me incomodava?

— Duvido muito, Andy. Nós não vamos deixar, né, Line? — Saio de perto dele, tentando manter a pose de macho alfa da mesa.

— É, Andy, prepare-se pra dançar pelado daqui a pouco.

— Como assim? Quem perder vai ter que dançar pelado? Sempre foi meu sonho dançar pelada. — A ironia na voz de Bia era clara.

— Não liga, Bia, me ver pelado é um dos sonhos pervertidos da Line. — Meu amigo diz, passando a língua nos lábios. E todo mundo começa a rir.

Já que essa é a aposta, eu vou ganhar... Assim acabo com essa confusão toda na minha cabeça.

Andy começa a distribuir as cartas e, enquanto isso, pego um pequeno isopor para a gente, cheio de garrafas de cerveja. Jogamos algumas partidas animadas e, no final, não dá outra, eu e Line ganhamos o jogo. Assim que damos a última cartada, nós dois trocamos olhares conspiratórios.

— Antes de vocês dois tirarem a roupa, e no caso eu digo a roupa toda — Line deixa a última parte bem clara com um grito —, nós vamos deixar vocês mais animadinhos.

Line sai, desaparecendo dentro da casa. Logo ela volta com uma sacola de limões e copinhos em uma mão e na outra uma garrafa de tequila. Essa garota deve estar querendo ver todo mundo ferver. Eu mereço isso?

— Nós até vamos beber, mas o porre tem de ser de vocês, perdedores! — anuncia ela, com uma clara excitação na voz.

Line corta as fatias de limão, espalha o sal em alguns pratinhos de plástico e enche os quatro copos com a tequila. Andy é o primeiro a virar o copo e em seguida todos nós viramos. Algumas doses depois, estamos todos um pouco animados. É nessa hora que Andy e Bia começam a tirar a roupa.

— Ah, gente, esquece isso! Ninguém quer ver o Andy pelado mesmo — digo, me arrependendo de ter ganhado. Seria constrangedor demais ver um cara nu no meio de tanta gente, principalmente quando o filho da mãe está me provocando a noite toda. — Vamos apenas dançar, vai...

Nós nos levantamos. Andy continua sem camisa, exibindo um peitoral bem definido, de deixar qualquer um babando. Ele é moreno e bronzeado, com tudo no lugar e os olhos de um azul intenso e misterioso. Bia é loira, como eu, baixinha e magrela, mas com peitos que atraem a atenção de qualquer cara. Line é alta, com cabelos ruivos e com a beleza bem distribuída, desde os olhos castanhos até o bumbum empinado.

Olho os meus amigos, encantado. Somos tão belos assim ou o álcool está fazendo isso comigo?

Estranhamente a festa é embalada por um funk que eu nem mesmo sei o nome. Bia está prestes a descer até o chão com Andy, quando a música termina e dá lugar novamente para Ke$ha. Vamos à loucura! Andy e Bia começam a dançar de um jeito que só eles sabem, enquanto Line tenta me ensinar como "bater cabelo". O legal é que eu não tenho cabelo comprido, então só balanço a cabeça mesmo. O resultado é catastrófico.

Um cara do time de futebol, David, vem em nossa direção.

— Ei, Dan. Resolveu sair do armário? — Ele ri e me dá um tapa na bunda.

Que porra esse lixo tá pensando?

— Você tá louco, seu merda? Eu só não vou quebrar a sua cara porque não sujo minha mão com qualquer coisa. — Quero acreditar que ele só está brincando, mas não tenho certeza. A raiva e a vergonha parecem explodir em mim. Será que eu estava agindo como uma menina?

Pela milésima vez naquela noite eu pensava o que diabos estava acontecendo comigo.

3

Nem sei quanto tempo ficamos ali, dançando. Todo mundo estava bem animado, a festa começava a pegar fogo. A piscina está lotada de gente, mas eu não estou com vontade de entrar, e a turma resolve ficar ao meu lado, em um canto da varanda.

Ficamos conversando, sem ver a hora passar. Line ri exageradamente, já começando a ficar bêbada, enquanto Bia fica brincando com os músculos de Andy. Talvez eles queiram se pegar... Vai saber.

Aquele era o nosso plano, desde que começamos a organizar a festa: uma noite cheia de bebidas para podermos comemorar a nossa amizade. Vou até a cozinha e busco uma garrafa de champanhe gelada e quatro taças.

— Nossa, que veadagem! — Bia começa a falar ao me ver chegar, atropelando as palavras.

Começo a gargalhar. Meus pensamentos já não estão muito certos por causa do álcool, tanto que mal consigo abrir a garrafa. Em um momento quase a atiro na piscina, sem querer. Impaciente, resolvo logo o problema, quebrando o gargalo na mesa.

— Espero que não tenha caído nenhum caco de vidro dentro dela, não estou a fim de ver ninguém morrendo hoje — comento, antes de colocar a bebida nas taças.

Em questão de minutos, estamos brindando. É quando o enxerido do meu irmão aparece e diz:

— E eu, não ganho?

— Não, some daqui! — diz Line, irritada.

Para a nossa surpresa, Bia vai até ele e despeja a sua champanhe na cabeça dele. Antes que ele comece a xingá-la — e nós, a rirmos — ela o pega pela nuca e lhe dá um daqueles beijaços, de novela mesmo!

— Agora some daqui, pirralho. — Bia, a diva, entra em ação, dando-lhe as costas e motivos para que Alexandre sonhe com ela pelos próximos três meses.

Todos caímos na risada. Assim que as risadas acabam, Line olha cada um de nós, com uma cara meio diabólica. Tenho certeza de que ela planeja algo, e não deve ser coisa boa.

— Sabem o que eu tava pensando? — Ninguém responde a sua pergunta. — Que tal jogarmos Verdade ou Desafio?

Todo mundo topa. Então, sugiro irmos para o meu quartopara fazermos a brincadeira. Lá teremos um pouco mais de privacidade.

Sabe aquelas sessões "abrindo o baú"? Foi bem isso que aconteceu, enquanto jogávamos. Relembramos de todos os nossos anos juntos, das brigas, das idiotices dentro da sala de aula e até mesmo das paixões. Eu me lembro de uma vez em que a Bia e o Andy foram acusados de montar uma gangue contra uma professora substituta, da qual eu nem lembro o nome. Ficamos um bom tempo rindo dessas velhas memórias. Coisas tão boas e que se foram tão rapidamente.

Isso só faz aquele letreiro em minha mente voltar a piscar, com aquela frase enorme: *"O tempo de criança passou, agora você é um adulto"*. Mas, nesta noite, eu não quero saber de nada disso. Só desejo aproveitar os meus amigos ao máximo, sem que nada interfira.

Depois de certo tempo, chega a vez de Line girar a garrafa. Posso notar a ansiedade dos outros e um resquício de conspiração.

A garrafa finalmente para, com a boca apontando para mim e a base para Bia.

Merda! Bia sempre dava um jeito de ferrar com todo mundo nesses jogos idiotas.

— Verdade ou desafio, Dan? — ela pergunta, obviamente ansiosa.

— Desafio. É tão óbvio escolher Verdade quando a gente se conhece pela vida toda, não acha?

Noto a piscada disfarçada que Bia direciona à Andy, mas não me importo com ela.

— Bom, eu desafio, hm... — Bia coça o queixo suavemente. — Eu desafio você a beijar o Andy!

De repente, olhando Andy sem camisa, exibindo aquela quantidade enorme de músculos que brilham com o suor, sinto uma vontade estranha e confusa de beijar a sua boca. Não posso, por mais que seja só um jogo idiota.

— Para de ser filha da puta! — digo, em um tom um pouco rude demais. — Aff!

— Para de ser retardado você, Daniel. — Para a minha surpresa, é Andy quem fala — É só um jogo idiota, cara.

Encaro os dois, confuso, sem saber o que fazer.

Andy se aproxima, seu corpo tocando o meu suavemente. Isso desperta uma fera em mim, algo que sempre esteve adormecido. Meu corpo começa a esquentar como se uma fogueira houvesse se acendido, queimando cada centímetro de pele. Seu rosto se aproxima cada vez mais do meu. Tento me afastar, mas ele me persegue como uma raposa caçando um coelho. Nossos lábios se tocam suavemente e sinto uma faísca elétrica me percorrer por inteiro, me deixando excitado.

Sua boa é macia, carnuda e tem gosto de álcool. Seu cheiro me envolve de tal maneira que esqueço tudo ao nosso redor. Retribuo o beijo, timidamente, mas acabo empurrando Andy para longe de mim.

Tudo foi tão estranho, apesar de bom.

Droga, eu não gosto de garotos! Eu jogo futebol, não visto nada estranho, me dou bem com os outros caras! Por que esse beijo foi mexer tanto comigo? Droga!

O que vão pensar de mim? O que meus pais vão fazer quando descobrirem que eu beijei um cara dentro de casa e que esse cara é Andy, meu melhor amigo?

Meu mundo desmoronava e eu sentia as lágrimas correrem pelo meu rosto. Sem perceber, me levanto chorando e sigo em direção à porta, mas sou impedido de sair por Andy.

— Cara, que merda você tem na cabeça? — pergunto, um pouco nervoso e confuso.

— Eu não sei, cara. Só sei que você gostou e quer mais! — Ele me confronta.

As garotas caem na risada. O que é tão engraçado?

— Dan, aqui você não precisa se esconder. — Andy diz.

Eu o encaro ainda confuso, mas sinto a raiva me abandonar aos poucos, cedendo à tentação.

Sem qualquer anúncio, Andy me empurra contra a porta, colando seus lábios nos meus novamente. Não sei explicar, mas o beijo de Andy fez com que eu me sentisse feliz. Tenho a sensação de que, pela primeira vez em toda a minha vida, sou uma pessoa livre, de que a peça que faltava em meu quebra-cabeça finalmente foi encontrada e encaixada dentro de mim.

Seu beijo é selvagem, de um jeito tão bom e quente. Nossas línguas se tocam de maneira intensa e úmida. Ele me beija com cada vez mais calor e paixão. Sinto a excitação aumentar mais e mais e posso jurar que Andy sente o mesmo, posso senti-lo entre suas pernas. As coisas começam a esquentar ainda mais e Andy beija meu pescoço, descendo e tirando minha camisa. Então, eu o interrompo.

— Andy, isso não pode acontecer! — digo, meio desesperado, perdido nessa loucura toda.

— É, isso não pode acontecer enquanto você for um encubado de merda — ele diz, bufando de indignação.

O clima fica tenso. Onde eu estava com a cabeça? Eu realmente não sei, e não queria saber. Só sei que isso não podia acontecer de novo.

— Isso nunca aconteceu, entendeu? — Estou nervoso e, ao mesmo tempo, excitado.

— Isso definitivamente nunca aconteceu. — Noto a decepção de Andy ao ver o meu olhar confuso.

Fecho os botões da camisa e abro a porta do quarto.

— Garotas, nada do que vocês viram aqui aconteceu! — Andy e eu falamos, juntos.

— Vocês que sabem, seus loucos — respondeu Line.

A festa rolou por mais algumas horas. A única novidade que aconteceu depois daquilo foi que Bia deu uma bela vomitada no banheiro da piscina.

Quando as pessoas foram embora, nós estávamos mortos. Não havia sinal do meu irmão, muito menos dos amigos dele. Acabados, seguimos para dentro de casa e tentamos dormir quando o sol já estava nascendo.

Quando acordamos, percebemos que a casa estava uma bagunça. Tomamos café da manhã — à tarde — com as caras péssimas. Parecia que um trem tinha passado em cima da gente.

— Pois é, gente, a festa definitivamente marcou nossa vida — comenta Bia, com uma dose de ironia em suas palavras.

— Realmente, mas aconteceram coisas ali que vamos precisar trancar a sete chaves dentro de um armário — aponta Andy, meio que com vergonha.

Também me sinto extremamente sem jeito, mas não sei bem o que pensar. Todos dizem que, quando as pessoas bebem demais, elas não se lembram de nada do que fizeram. Mas isso é uma das grandes mentiras do universo.

Porque eu me lembrava de tudo... E o pior é que eu tinha gostado.

4

Um mês se passou — mas pareceu ter durado um ano —, e mal falei com qualquer um dos três. Não que eles não tivessem tentado, mas eu não estava com saco para joguinhos depois da festa.

Eu não conseguia esquecer o que havia acontecido. Nem mesmo a preocupação com os resultados dos cinco vestibulares que prestei foi capaz de tirar o sabor da boca de Andy de mim. Tentei, de todas maneiras possíveis, me ocupar para esquecer. Mas quem disse que eu consegui?

Droga, fiz de tudo e nadinha daquela maldita pegada me abandonar. Caramba! Não quero assumir, mas meio que fico sem fôlego toda vez que me lembro dos seus braços em volta de mim. Devo ter pirado de vez, só pode ser isso. Me coloquem em uma camisa de força! E, para piorar, Andy, dentre todos os três, foi o que mais me perturbou com mensagens e ligações. Juro que tentava não dar atenção a ele, mas às vezes era impossível não ceder à tentação de ouvir sua voz. Tudo corria bem, desde que ele não mencionasse nada sobre aqueles beijos...

Se já não bastasse essa porcaria de preocupação, ainda tinha a ansiedade pelos resultados do vestibular. Eu não mereço, de verdade!

Todo mundo achou sem noção a minha primeira escolha: jornalismo. Minha família, meus amigos e principalmente meus professores me olharam como se eu fosse um ET. Afinal, segundo eles, eu era um dos caras mais fodões do time de futebol da escola. Mas acho que escolher essa carreira foi a minha primeira decisão madura, sem a ajuda de ninguém. Sentia que sendo repórter poderia fazer algo realmente importante; não só para mim, mas para todos.

Estou muito ansioso, pois os resultados serão divulgados essa semana e eu não aguento mais esta maldita agonia que cresce dentro de mim. É algo a mais que eu ainda não sei controlar nesta bagunça que virou a minha vida no último mês. Preciso me ocupar com alguma coisa para essa angústia me dar um pouco de sossego.

Olho à minha volta. O quarto está uma bagunça, os livros estão fora do lugar e eu nem sei em qual canto fica cada coisa. Odeio isso, gosto de meus livros todos arrumados por gênero. Deve ser mania, eu acho. É com isso que decido me ocupar naquele instante. Unir o útil ao agradável é sempre uma boa escolha.

Ligo o computador. Uma foto minha com meus amigos, na areia da praia, estampa o fundo da tela. Bons tempos... Dou uma rápida olhada na minha caixa de entrada dos e-mails e vejo que não recebi nada de importante. Faço a playlist do dia, que será um pouco mais agressiva do que animada, com bandas como Bring Me The Horizon, Alesana, Blessthefall e Underoath. Assim que ligo o som, a gritaria invade o ambiente rapidamente, criando uma atmosfera barulhenta e caótica dentro do quarto.

As pessoas sempre me questionaram se era normal um jogador de futebol também ser um viciado em literatura. Acho que esses babacas pensam que só porque eu jogo bola sou um retardado que não sabe fazer nada além disso. Que se danem!

Tenho tantos livros que, ao espalhá-los no chão e na cama, mal consigo me movimentar pelo quarto. Vários deles carregam lembranças que jamais quero esquecer, sentimentos únicos e lições valiosas. Alguns até mesmo me lembram de momentos difíceis, fases em que eles foram os únicos a me ajudar. Sim, ser um garoto jogador de futebol também não significa que eu seja um trouxa com coração de pedra.

Perco umas boas três horas arrumando o quarto, até que minha mãe, histérica, praticamente derruba a minha porta com batidas e gritos. Ela, quando quer, consegue ter a delicadeza de um elefante enfurecido. Clico no mute bem no meio da minha música favorita e corro em direção à porta.

— Tô indo, mulher! — grito, para que ela não continue a espancar a coitada da porta.

Abro o caminho para a masmorra chamada popularmente de minha casa e me deparo com uma carranca medonha, como aquelas de madeira que as pessoas colocam em frente ao portão principal das casas. Minha mãe está de mau humor. Lá vem bomba...

— O telefone tocou três vezes lá na sala e era pra você! — Ela está tão vermelha, que preciso conter a vontade de rir que se forma na minha garganta. — Era a Bia. Ela vai ligar de novo, então é bom você descer. — Ela me dá as costas, mas continua a falar. - E coloque uma roupa! Você não quer que a dona Maria veja você só de cueca, não é, bonitinho?

Havia me esquecido que é quarta-feira e a Dona Maria, nossa faxineira, está em casa. Seria um belo espetáculo se ela me visse só de cueca. É, definitivamente não quero passar esse papelão.

O calor sufocante de janeiro está insuportável. Então coloco uma bermuda fina e uma camiseta regata branca. Estou descendo as escadas quando escuto um som estranho vindo do quarto de meu irmão. Ele deve ter pensado que conseguiria me perturbar e colocou uma seleção de funk proibidão. Meu estômago revira, mas sigo meu caminho.

Espero cinco minutos, não mais que isso, para o telefone tocar de novo. Deixo a sirene que sai do aparelho — como eu não havia escutado aquilo? — tocar mais algumas vezes só para irritar a Bia e só então atendo:

— Estou procurando um veado. Liguei no lugar certo? — diz uma voz de taquara rachada do outro lado da linha.

Estou ouvindo direito?! Tento me acalmar antes de respondê-la. Ser uma piranha sem noção acaba de entrar para a lista de (não) qualidades da Beatriz. Penso um pouco em retrucar com algo tão sem noção quanto o seu comentário, mas nada que eu possa dizer irá soar de boa. Então, finjo que tudo não passa de uma brincadeira. Tá no inferno, abraça o Capeta.

— Não, querida, o número do zoológico é outro — respondo.

— FINALMENTE! — Bia dá um daqueles seus gritos agudos e irritantes. — Pensei que você tivesse morrido ou que algum vampiro gostoso tivesse chupado todo o seu sangue.

Não consigo me conter e começo a rir. Caso você precise de uma dose de comédia em suas manhãs, Bia também pode ter o remédio certo.

— O que você quer, Cão? — pergunto, quase esquecendo o quanto filha da mãe essa menina pode ser quando quer.

Ela costumava ser a aluna nota dez da sala, mas que perturbava todos os professores com as suas brincadeiras inúteis. Eu me lembro de uma época em que o material básico de Bia era um baralho de Uno, uma barrinha de cereais e um Toddynho. Os professores ficavam fulos da vida, pois a filha da mãe fazia uma festa dentro da sala e quando chegavam as provas, era ela quem tirava as maiores notas. Sou despertado de minhas lembranças pelo pigarro irritante dela.

— Dormiu na linha? Acho que essa semana será a nossa última de vagabundagem.

— Acho que sim. — Mesmo que ela não pudesse me ver, fiz beicinho. Era tão bom acordar tarde todos os dias, fazer as coisas na hora que eu quisesse. Mas, às vezes, me sentia entediado daquela rotina.

— O que você acha de irmos àquele barzinho com bilhar na Augusta? — sugere. — Você quer usar a gente como pretexto pra encontrar suas primas lá? — Não me contive e comecei a rir novamente. — Brincadeirinha! Vamos, sim, já falou com a Line e com o Andy sobre isso?

— Eles são os próximos que vão receber recadinhos meus!

— Ok. — Não tenho nada de melhor pra fazer, então vou mesmo. Não vou morrer se sair de casa para beber um pouco.

— Tá bom, qualquer coisa eu envio um recado no seu Facebook ou um WhatsApp.

A mal-educada desligou o telefone na minha cara sem sequer se despedir de mim.

Sigo até a cozinha. A mesa do café ainda está arrumada — Graças a Deus, estou morrendo de fome! —, com alguns pães, café, frutas e fatias de frios. Logo que me sento e começo a comer, o pentelho do Alexandre desce as escadas, com o cabelo todo desarrumado e sem camisa. Eu morreria de rir se a Dona Maria resolvesse atacá-lo.

— Bom dia, cara de bunda! — grito, para provocá-lo.

— Já comeu quantos mosquitos hoje, lagartixa? — devolve, em um tom mal-humorado.

Como sempre, o café está bem forte, do jeito que eu gosto. Pego mais uma xícara e subo para o quarto. Ligo o som novamente, mas desta vez com algo mais animado. O ritmo perfeito para alegrar o dia e me preparar para encontrar meus amigos.

Recebo uma mensagem pouco tempo depois de iniciar a minha balada particular.

Bia: *Hey, nós vamos hoje mesmo! Falaram que o Caçapa vai bombar! Nos encontramos na estação de trem perto da sua casa às 21h, ok? Bjs grudentos da sua quenga favorita!*

Está confirmado!

Hoje a noite será interessante e eu mal posso esperar. A Augusta é um lugar legal. Todo tipo de gente vai para lá, sem preconceitos, nem muitas regras. Fui parar naquela rua algumas vezes durante o dia e já gostei bastante, mas falam que o point ferve mesmo é à noite. Então, estou bastante ansioso — e preocupado em não dar pinta.

Augusta, se prepare! Estou chegando!

5

Encontrei meu bando na estação de trem que fica a umas três — ou quatro — quadras da minha casa. Fiz todo o percurso andando. Era pertinho, demorei uns vinte minutos para chegar. Fui recebido pelas minhas três cobras prediletas de braços abertos.

Estou com esses olhinhos bem abertos para as palhaçadas de vocês, é o queria dizer a eles, mas agora que os vejo aqui, diante de mim, ansiosos para me abraçar, só consigo pensar no quão idiota eu sou. Eles foram falsos pra cacete comigo, porque eu tenho certeza de que aquele jogo foi armado para eu beijar o Andy. Mas será que eu preciso ser tão seco assim?

E ele é o primeiro a vir em minha direção, segurando duas garrafas de cerveja. Ele me oferece uma, mas finjo não perceber. Quero mesmo que ainda ache que fiquei chateado com o que aconteceu e que não gosto nada de suas graças — mesmo que seja o único a quem eu tenha dado atenção nestes dias. Ele se aproxima mais, pega minha mão direita e coloca a garrafa nela. Está cada vez mais perto. Para e me abraça apertado, como se sentisse minha falta. Sem saber como reagir, deixo meus braços penderem imóveis, sem retribuir o carinho. Não é que eu não queira abraçá-lo, que não sinta nada por ele, é que algo dentro de mim está bloqueando qualquer emoção no meu peito que eu não saiba definir. E isso dói, como se uma espada enorme estivesse sendo enfiada em meu coração.

Quando ele me solta, me encara com tristeza, mas tento ignorá-lo. Volto meus olhos para as duas queridas peruas ao seu lado. Line veste uma calça de vinil preta, com saltos tão grandes e lustrosos que eu nem sei definir o nome daquilo. Já a Bia está um pouco mais comportada, se é que se pode chamar uma garota de minissaia jeans e baby look dos Ramones de comportada. Andy e eu somos os mais simples, apenas de calça jeans justa e camisetas com estampas.

Gastamos apenas quarenta minutos no metrô até chegarmos à Avenida Paulista. Durante esse tempo não paramos de conversar, colocando o assunto em dia.

Bia tinha o costume de repetir aquela voz chata da mulher anunciando as próximas estações, sem dar a mínima para as pessoas que a encaravam. Quando não, dava um de seus risinhos, — ou melhor, gargalhadas, irônicas e escandalosas. Curto pra caramba esse lado da Bia, que não liga para o que o mundo pensa. Ela é o que é, e pronto! Que se dane o resto. De repente, parece que tudo está normal novamente.

Todos eles são assim, para ser bem sincero. E eu os admirava e tinha inveja deles por isso. Por que eu tinha de ser o diferente, aquele que tem medo da opinião dos outros sobre as minhas escolhas? Isso torna as coisas mais difíceis do que elas devem ser, tenho certeza.

Descemos na estação Brigadeiro e seguimos apressadamente para o nosso destino. *Era melhor assim*, pensava ao me misturar ao fluxo de pessoas na avenida, não queria perder tempo pensando nesse monte de besteiras.

Bom, teoricamente — como aqueles manés viciados em games ou matemática, sei lá, costumam dizer —, a Augusta não estava nem um pouco calma. Você sabia que estava chegando nela pelo tanto de gente que se via espalhada pelas calçadas e inúmeros barzinhos que existem por toda a sua extensão. Fazia um bom tempo que eu não via tanta gente diferente em um só lugar. Do estilo bizarro ao largado, todas as tribos estavam ali. Era interessante ver essa mistura entre as pessoas. Fazia com que eu me sentisse um pouco mais normal.

Passamos por grupos animados de jovens, até chegarmos à uma casa de paredes negras e com um letreiro neon, escrito *O Caçapa*.

— É ali! — Bia aponta, sorridente. — Gostaram?

Não dá para formar qualquer opinião sem entrar no lugar. Pode muito bem ser uma espelunca, mas tenho a sensação de que é um lugar legal, principalmente pela grande quantidade de jovens localizada em uma fila ao lado da porta.

Ficamos pouco na fila e, quando entramos, tudo me parece uma grande zona. Quase não há lugares para sentar, mesmo assim, o lugar está lotado. Pessoas de diferentes estilos dançam umas com as outras, sem qualquer sombra de medo ou vergonha. Como Bia havia dito, diversas mesas de bilhar estavam espalhadas pelo lugar, só que todas estavam ocupadas.

Demoro alguns minutos para me acostumar com a iluminação pisca-pisca em meio à escuridão, mas isso não me perturba.

Bia e Line saem cortando caminho por entre as pessoas até chegarem em frente ao balcão do bar. Encaro Andy antes de tomar qualquer decisão, mas ele me deixa sozinho e as segue. Não tenho escolha a não ser encontrá-los.

Quando finalmente consigo vencer a multidão, me deparo com os três me aguardando, com pequenos copos de um líquido amarelado.

— Toma, Dan. — Andy oferece, dando uma piscadinha. — É bom para você se soltar!

Mas é um filho da mãe mesmo! Não entendo o motivo de ele continuar me provocando desse jeito! Sinto a necessidade de deixar bem claro o que acho de tudo isso.

— Já esqueceu do que combinamos depois da festa? Qual parte do "chega de brincadeiras" você não entendeu? — pergunto com uma expressão de menino sério, mas sei que não deve ter sido bem assim que Andy entendeu, pois ele continua me encarando com aquele sorriso sem vergonha, fingindo que não é com ele, praticamente me obrigando a pegar o copo. *Merda.*

Faço graça e não pego o copo, de jeito nenhum. Andy me conhece muito bem, então força minha boca com os dedos e despeja o conteúdo do copo pela minha goela abaixo. Sinto o calor descer pela garganta e quase engasgo, mas ele se mantém firme, grudado em mim, sem querer me soltar. Arranco sua mão de meu rosto com um belo de um tapa e cuspo o restante da bebida em seus pés.

— Seu veado de merda, quem você tá pensando que é? — Andy me olha, com cara de bunda. Pensei em brigar, mas sabia que isso ia estragar não só o meu clima, mas o das meninas também. Então, dou as costas para ele e vou para a pista de dança. Eu só quero me divertir.

Sem me soltar demais, é claro.

•••

A noite se desenrolou perfeitamente, sem que acontecesse nada de mais entre mim e Andy. Ufa, penso aliviado. Bebemos tudo o que podíamos com o nosso pouco dinheiro. As garotas dançaram e fizeram poses engraçadas com os tacos de sinuca, enquanto eu e Andy gravávamos tudo nos celulares. No final, acabamos deixando que elas ganhassem a maioria das partidas — não por cavalheirismo, mas por sermos bem ruins mesmo.

Dançamos músicas que nenhum de nós sonhou em dançar. Bia e Line não deram sossego a noite toda, passaram o rodo no local. Andy, assim como eu, não ficou com garota alguma. Isso me assustou no início, pois uma parte minha criou esperanças sobre algo proibido, que eu não poderia deixar acontecer sem me destruir ainda mais.

O relógio marca cinco horas da manhã e só agora estamos saindo do bar. Rimos como bobos, chapados de bebidinhas fracas e sem graça. O nosso restinho de noite ainda está divertido. Juntamos alguns trocados para comprar as saideiras em um boteco na rua.

Entramos no primeiro lugar que vendia cerveja, sem pensar muito. Não tinha uma alma viva por ali e, por isso, Line se debruçou no balcão, toda oferecida, em frente a um cara carrancudo, com um avental mais podre do que minhas meias em dias de jogo.

— Meu olho tá vermelho, moço? — Line pergunta, fazendo carinha de anjo para o balconista. O cara parece se surpreender com a pergunta, mas nem se dá ao trabalho de responder. — Eu... eu acho que tenho sete reais aqui... Me dá tudo em cerveja.

Entediado, o balconista seguiu até a geladeira vermelha e tirou de lá duas garrafinhas. Depois entregou as bebidas para Li, que lhe mandou um beijinho só para provocar o coitado.

Fomos para a rua de novo, que já não estava tão movimentada, e continuamos o nosso caminho. Ela parecia nossa naquele final de noite. Até que, de repente, entre as nossas risadas, começamos a escutar alguns sons, semelhantes a gemidos. Nos calamos, tentando entender o que acontecia. Parecia que tinha alguém chorando, com dor, enquanto outras vozes riam. Dei um pulo quando o som de vidro quebrado se fez ouvir. Instintivamente, corremos até a esquina, de onde vinha o barulho, e nos deparamos com um grupo de caras, em volta de alguém caído, gritando:

— Isso é pra você aprender, seu veado de merda. Aqui não entra gente do seu tipo.

O homem que diz isso tem uma aparência robusta e não aparenta ser mais velho que eu. Tem a cabeça raspada, cheia de tatuagens, e ao vê-lo eu me arrepio inteiro. Sinto, além de medo — porque eu não nasci ontem, né? —, uma repulsa enorme por aquele gesto de preconceito.

Esses porras parecem ser *skinheads*, aquele povo que gosta de bater em qualquer um que vá contra suas crendices idiotas. As tatuagens de seus braços — eles são quatro — me parecem uma bagunça, borradas por conta da péssima iluminação do beco em que estão. Um deles, o mais magro, apenas assiste à cena dando risada, como se estivesse em um espetáculo de comédia. Palhaço!

A vítima de tamanho ódio é um pobre garoto, magrelo, que está jogado no chão, todo sujo. Seu corte de cabelo é bem diferente do comum, meio que um moicano, com apenas o topete levantado. O mais interessante é que seu cabelo é de um tom rosa pink vibrante, contrastando com a sua pele branca.

— Pa... ra — ouço a súplica do garoto em meio aos urros de satisfação de seus agressores.

O garoto se contorce dentro do círculo que seus agressores formaram ao seu redor. Como se somente chutá-lo não bastasse, um dos seres bestiais abre o zíper da calça, coloca o pênis para fora e começa a urinar na cara do garoto, que luta para se manter consciente. Simplesmente não consigo entender qual a graça do que eles estão fazendo. Como pode alguém maltratar outra pessoa daquela forma, por pura maldade?

Eles se sentem livres para raspar a cabeça, vestir roupas rasgadas e fazer tatuagens sem nenhum significado. Eles podem, é claro! Mas por que o garoto não pode usufruir dessa mesma liberdade? Não, ser diferente é proibido, o seu direito de ditar a própria vida havia sido arrancado no momento em que ele cruzou o caminho daqueles caras.

Os detalhes começaram a fugir de minha mente. Tudo que eu vejo está borrado, mas ainda consigo escutar muito bem os gemidos inconscientes do garoto. Isso pode soar completamente anormal, mas posso sentir toda a dor que o garoto está sentindo. A cada chute, a cada cusparada, é como se uma parte de mim morresse, se quebrasse. Não consigo ter reações, nem tenho forças para fechar os olhos e me proibir de assistir àquela cena. Vivemos em um país em que ser um bandido é mais bonito, completamente normal e aceitável para sociedade do que amar livremente quem se é. Vivemos em um país em que situações como essa são encorajadas, mesmo através de palavras encantadoras e mascaradas. E, ao testemunhar esse verdadeiro filme de terror, eu só consigo pensar que não quero isso para mim. Ser diferente acaba sendo perigoso.

Sei bem o que sou, mas será que os outros serão capazes de me respeitar por isso? É perigoso pra cacete! Vendo cenas como aquela, fico com ainda mais medo de dar a cara à tapa.

O espetáculo medonho continua à minha frente. O pobre garoto já está desacordado e o asfalto, que anteriormente apresentava uma tonalidade difusa de cinza, está manchado de vermelho escarlate, resquícios de uma vida que começa a se perder por falta de sentido.

Eu me sinto mesquinho, egoísta, um completo babaca. Esse turbilhão de revolta e incompreensão transborda em minha mente, mas o que estou fazendo para ajudar o garoto? Nada. Só estou assistindo, atônito. Esse cara loiro que está parado assistindo a essa selvageria sem nem mesmo tentar ajudar realmente sou eu? Não me reconheço mais, estou mais distante da pessoa que eu um dia fui. Ou será que eu sempre fui assim e nunca percebi? Agora, além do pecado da indecisão, teria que carregar o fardo da hipocrisia.

É aí que o meu mundo desaba. Não consigo reagir a nada. Só consigo observar o bando de otários espancando o coitado do garoto. Uma combinação de ódio e angústia me invade. Não consigo me controlar e, sem que eu perceba, algumas lágrimas escapam e escorrem pelo meu rosto.

É isso que eu quero para mim? Viver escondido? Correr o risco de ser espancado como esse garoto? Quero virar alvo de piadas e ódio onde quer que eu vá?

Esses pensamentos invadem minha mente de uma só vez e sinto uma pontada de dor. Não só na cabeça, mas também no peito. Não quero essa vida para mim...

Não posso ter essa vida.

Já não consigo mais me controlar. Meus instintos me levam em direção ao grupo de selvagens no meio da rua. Um gosto metálico invade minha boca e posso sentir uma ardência nas palmas das minhas mãos. Os meus punhos estão fechados tão forteque cortes surgem em minhas mãos.

A minha fúria é interrompida quando levo duas boas bofetadas no meio da cara. E o que mais me surpreende é que o responsável pelos tapas foi o Andy.

— Acorda, seu filho da mãe! Agora não adianta mais nada. Se for lá, além de levar uma surra feia, não vai poder salvar o garoto. — Ele segura meu braço com força, me arrastando para longe dali.

Eu simplesmente me desligo de tudo e Andy me carrega pelo caminho, como se eu fosse uma criança que precisasse ser guiada para não se perder em meio à multidão. As garotas estão logo à frente, andando a passos largos e inseguros. Quando chegamos à estação de metrô, sinto meu estômago embrulhar. Sem pensar duas vezes, corro até uma lixeira no canto, perto das escadas, e me debruço. Então, além da torrente de lágrimas que escorre pelo meu rosto, eu jogo tudo que bebi dentro do cesto de lixo. Era o meu nojo, misturado à vergonha de não ter feito nada.

Parecia uma brincadeira cruel, as nossas noites andavam terminando sempre com algo a ser esquecido, a ser trancado no fundo do baú. E eu jamais esquecerei a imagem do garoto jogado no chão.

Na minha cabeça só passava uma coisa: me envolver com outros rapazes estava fora de questão.

6

Durante três noites seguidas, a lembrança do garoto praticamente morto no chão não me abandonou. Eu despertava ofegante — e assustado pra caramba — de um pesadelo no qual eu não era só o garoto no chão, mas também os seus agressores. E depois eu não conseguia mais pregar os olhos, já que o medo era, muitas vezes, bem maior do que o sono.

Quando tive o pesadelo pela primeira vez, minha mãe entrou no quarto, me perguntando o que havia acontecido, pois tinha me escutado chorando e pedindo para quem quer que fosse parar com sabe-se lá o que estivesse fazendo. Apavorado, só consegui dizer que tinha sido um pesadelo bobo. De certa forma eu não estava contando uma mentira, só estava escondendo o que havia visto naquela noite. Não só dela, mas de mim mesmo. Esperava que, não deixar aquela triste lembrança tão forte na minha cabeça me fizesse esquecê-la. Pelo visto, eu estava enganado.

Algumas pessoas acreditam que os sonhos dizem mais sobre nós mesmos do que somos capazes de entender. Alguns apostam no lado ocultista da coisa, afirmando que os sonhos são lembranças de vidas passadas, ou até mensagens do além tentando nos guiar pelo caminho certo. No meu caso, acredito que esse pesadelo seja fruto de uma guerra que há tempos vem acontecendo dentro de mim.

O que preciso, na verdade, é focar em outras coisas. Tenho de deixar os pesadelos irem embora. Afinal, tinha coisas mais complicadas para me preocupar, como o fato de que hoje é o grande dia, aquele em que os resultados da maioria dos vestibulares é divulgado.

Passam das onze horas da manhã e se eu não for tomar o café logo, minha mãe começará a surtar e, provavelmente, vai me dar um sermão, com todo aquele papo de que isso atrapalha o almoço, que eu devo ter disciplina para essas coisas e todo aquele blá, blá, blá de mãe coruja. Então, desço as escadas correndo.

Chegando à cozinha, me deparo com minha mãe lendo uma revista de fofocas, daquelas que contam o final da novela e coisas do tipo. Ela tira os olhos do seu passatempo apenas para me cumprimentar, um sorrisinho forçado estampado em seu rosto branco.

— Bom dia, flor do dia. — O desinteresse em sua voz é claro, ela não quer ser incomodada enquanto lê sobre a última fofoca da celebridade do momento.

— Bom dia, Loira do Tchan — respondo, rindo.

Sempre brinco com ela desse jeito quando a encontro entretida com suas revistas, mas ela pouco liga. Minha mãe tem apenas quarenta e quatro anos e sua boa forma combina muito bem com o cabelo loiro e os olhos verdes. Meus traços leves, a pele clara e a cor do cabelo foram herdados dela, ao mesmo tempo em que meu irmão tem a aparência sedutora e robusta do nosso pai.

Pego uma xícara no armário e encho até a borda de café, enquanto o pão é torrado. Ao mesmo tempo em que degusto a minha bebida, teclo no celular, checando as redes sociais que, por sinal, estão transbordando de notificações. Logo que termino, paira a indecisão de quem está de férias e sem programa para o dia: não tenho muito o que fazer, mas, ao mesmo tempo, quero fazer um milhão de coisas.

Posso ir ao cinema assistir a algum filme, ou então ir passear sem pretensão alguma na Avenida Paulista. Adoro aquele lugar, as pessoas sempre me parecem felizes, bem arrumadas e descontraídas, e há também aquele caos de pessoas correndo para chegar ao trabalho. Sim, a Avenida Paulista é o melhor lugar para quem precisa distrair a cabeça. Assim que defino para qual lugar quero ir, eu me viro para a minha mãe e digo, em tom animado:

— Ei, loirinha. — Ela se assusta. — Eu tô saindo! Vou pra Paulista e só volto à tarde.

Ela apenas acena em consentimento, pouco interessada com o que faço ou deixo de fazer com a minha vida.

Subo as escadas para calçar um tênis. Pego um slip-on surrado no fundo da sapateira, aqueles tênis sem cadarço que os avôs costumam usar. Abro as cortinas e me deparo com um sol radiante que me dá a sensação de estar no litoral. Qual óculos de sol eu devo usar? Tenho tantos, que às vezes me irrito e acabo não usando nenhum. Fecho os olhos e deixo a sorte escolher para mim. Quando abro os olhos, estou segurando um no estilo aviador com as lentes espelhadas. Em seguida, pego um livro aleatoriamente na estante e o coloco na bolsa, saindo do quarto.

Ao passar pela cozinha, grito um "tchau" esganiçado para minha mãe. Ela devolve o cumprimento e saio pela porta dos fundos. O cheiro de grama verde que tanto admiro invade meu nariz e faz com que o dia fique ainda melhor. Morar na Zona Sul de São Paulo me proporciona um pouco disso, na verdade. É bem pouco mesmo, ainda assim consigo sentir esse cheiro em meio à poluição. Além do gramado grande em volta da piscina, nossa casa possui algumas pequenas árvores, colocando um pouco de natureza no ambiente.

O ponto de ônibus não fica muito longe — e a estação de trem também não —, mas estou com preguiça de andar até lá. Então, vou optar pelo busão, já que assim não preciso caminhar muito. Eu me sento no banco do ponto com meus fones de ouvido no volume máximo. Carros lotados vêm e vão, meio que em uma marcha silenciosa para chegarem ao seu destino.

Já se passaram vinte minutos e o bendito ônibus ainda não deu nem sinal de vida. Fico me perguntando qual o problema dos motoristas para demorarem tanto, mas meu devaneio é interrompido quando avisto o tão esperado veículo descendo a rua.

O trajeto até o terminal não é muito longo, então nem me preocupo em abrir o livro para ler. Agora só preciso ir até a conexão com a linha de trem. A multidão no local está, como sempre, em uma correria danada. Subo até a área de embarque pelas escadas rolantes. Eu me sento em um daqueles bancos de plástico comuns da estação, o sol fazendo-os reluzir em tons de azul, ofuscando minha visão.

Abro o livro que trouxe comigo para ler enquanto o trem não chega. Ele conta a história de uma garota que perdeu os pais quando criança e que teve de aprender a cuidar de si mesma desde cedo, além de ter de lidar com questões impostas por uma paixão nada convencional.

Mergulho na história, mas logo sou obrigado a interromper a leitura com a chegada do trem. Corro para conseguir um lugar próximo da porta de desembarque, para não ter de ficar amassado entre os corpos das pessoas. Alguns esbarram em mim, mas consigo me apoiar na parede próxima de onde eu queria. Assim que me acomodo, abro o livro novamente e tiro o marcador do meio das páginas amareladas.

É engraçado esse poder que os livros têm de nos emocionar apenas com palavras. Em um momento, eles nos fazem rir e, repentinamente, estamos chorando, com raiva ou simplesmente inquietos para saber o que irá acontecer. Em algumas situações, não existe amigo melhor do que aquele que fazemos ao ler um livro. Eles jamais me trairiam.

Impeço a torrente emocional de me invadir ao fechar o volume entre as mãos. Não posso permitir tamanha exposição em público. Ao fazer isso, começo a observar as pessoas no trem. Acho impressionante essa coisa do universo: sempre que nos sentimos sozinhos e precisamos de um companheiro para compartilhar os nossos segredos mais íntimos, aparecem casais de todos os tipos, em todos os cantos, para nos lembrar que estamos sós.

Isso me causa uma puta inveja, uma sensação puramente amarga que indica a necessidade de querer algo que não tenho. Sinto vergonha de mim, mas não consigo me desvencilhar do ciúme que estou sentindo dessas pessoas imersas em amor.

Falta pouco para chegar à Paulista. Logo estarei livre dessa sensação claustrofóbica de estar rodeado por um clima meloso e diabético dos casais apaixonados. Foco no celular, fuçando os aplicativos que nada têm a me oferecer. Até envio uma mensagem de texto para a Bia, com um oi bobo e sem sentido.

O tempo passa como um foguete e logo desembarco na estação da Avenida Paulista. Caminho lentamente pelo corredor lotado da estação e em poucos minutos subo a escada que desemboca na avenida mais movimentada de São Paulo.

7

A coisa legal de observar a correria da Avenida Paulista é ver que ali nenhuma daquelas pessoas está preocupada com a vida do outro; elas não ligam para as roupas ou para qualquer outra particularidade de quem passa por ali.

As pessoas correm, apressadas para chegar aos lugares desejados e eu, parado, só as observo, sentado em um banco. A minha vista é composta por um misto de pastas, mochilas e mãos que passam diante de mim, à procura de algo, talvez um sentido para seguir em frente. Alguns, poucos, apenas apreciam a vista, fumando um cigarro ou tomando um milk-shake, enquanto a grande maioria demonstra um misto de desespero e ansiedade, todos mergulhados em suas vidinhas banais. Ali, eu me sinto invisível... E seguro.

Sigo para a cafeteria mais próxima. Preciso com urgência de um frappuccino gelado para me refrescar do sol. Sinto um alívio imenso pelo lugar estar sem movimento e com espaço de sobra. Caminho em direção ao caixa e analiso o menu, para ver se não tem nenhuma promoção relâmpago. Sorrio para a garota do caixa, ainda pensando qual o sabor que irei escolher.

— Hummm... Acho que vou querer um frappuccino de frutas vermelhas, grande e com bastante chantili.

Ela sorri de volta e me pergunta se desejo algo mais. Completo o pedido com um brownie de chocolate, e sigo para a área externa da cafeteria. Caminho em direção a uma das mesas do fundo, me sento e pego meu pequeno caderno de anotações dentro da bolsa carteiro que carrego comigo.

Às vezes, quando estou sozinho, me sinto bem escrevendo poemas e textos, daqueles que não fazem sentido nenhum. Devo ter, no máximo, uns dez textos bobos e sem graça, que obviamente não mostro a ninguém. Mesmo assim, continuo a escrever.

Depois de certo tempo, tiro meus olhos do caderno e encaro o pequeno painel, aguardando o meu número. Falta pouco para que meu pedido fique pronto. Começo a ficar inquieto, me remexendo na cadeira de madeira e olhando ao meu redor, como um cão faminto e desesperado para encher o bucho. Ouço um apito ao longe e me viro para encarar o painel novamente. Meu número chegou!

Corro para retirar o meu pedido, deixando as coisas sobre a mesa. Algumas pessoas que estão sentadas no interior da loja me olham estranhamente, mas não me importo. Sorrio para a atendente e pego o copo de plástico translúcido, juntamente com o pratinho de porcelana branca com desenhos floridos. A garota realmente lotou meu frappuccino de chantili. Milagres existem!

Volto para a mesa, me sento e dou uma boa golada na bebida, com a mente transbordando de ideias para um poema. As palavras fluem como a correnteza de um rio violento, inundando as páginas com a tinta preta da caneta.

Escrever me traz sensações ótimas. Poder expressar o que estou sentindo sem ter de gritar aos quatro ventos é libertador, apesar de parecer meio idiota. Sei que não escrevo bem e nem deixo ninguém ler as minhas palavras, então pode parecer uma grande perda de tempo. Mas é dessa forma que expulso os meus demônios: escrevendo.

Não sou muito de desabafar com as pessoas. Minha mãe reclama constantemente sobre isso: que eu não me abro com ela e que caso algo ruim acontecesse, ela não poderia me ajudar. Simplesmente respondo que quando eu precisar de ajuda ela será a primeira pessoa a quem vou recorrer.

Pensando nesse assunto, qual será a reação dela ao saber que o seu primogênito nunca foi o que ela imaginou? Será que ela irá me achar uma decepção? Isso me deixa preocupado e, ao mesmo tempo, muito triste. Volto a me focar no pedaço de papel diante de mim e deixo que todo esse sentimento se derrame sobre a página.

Aos poucos, o poema toma forma, de um jeito melancólico e obscuro. Os sentimentos se ocupam de mim assim, voláteis e inconstantes. Em um momento, são bons e animadores, mas passam a ser sombrios e tristonhos de uma hora para a outra.

A ponta da caneta para de deslizar sobre o papel e encaro meu trabalho finalizado. Não é nada digno de um jornal, nada que as pessoas queiram ler, mas me sinto feliz com o resultado.

QUANTAS VEZES É PRECISO SER QUEBRADO
PARA APRENDER?
APRENDER.
DE TODAS AS LIÇÕES,
A MAIS DIFÍCIL DELAS É APRENDER.
APRENDER SOBRE SI MESMO,
SOBRE O MUNDO, SOBRE AS PESSOAS.
APRENDER, APRENDER E APRENDER NOVAMENTE.
GUARDO UM MUNDO INTEIRO DENTRO DE MIM
UM MUNDO REPLETO DE SEGREDOS E MENTIRAS.
ATÉ QUE PONTO SOU UMA PESSOA REAL?
ATÉ QUE PONTO SOU UMA MENTIRA, ALGO FABRICADO?

Chega a ser desesperador escrever algo assim. Minha cabeça começa a dar voltas e meu peito parece sufocar, pensando nas coisas que coloquei no papel.

Paro de encarar o pequeno caderno e dou a primeira mordida no petisco de chocolate. Quebro o sabor extremamente doce com a bebida gelada que refresca minha garganta.

Navego mais uma vez nas redes sociais para me atualizar sobre a vida pessoal dos meus amigos e acabo por constatar que nada de novo ou realmente importante foi publicado. Termino a curta refeição e arrumo minhas coisas dentro da bolsa. Sigo em direção ao balcão e entrego o prato para a atendente, jogando o copo plástico dentro do cesto que fica ao lado. Saio da cafeteria sem saber o que fazer a seguir. Uma leve brisa acaricia meu rosto, aliviando a sensação de calor.

Na verdade, não há muito o que se fazer na Paulista durante o dia, a não ser ir a alguma livraria, ou sentar em algum canto do MASP. As coisas interessantes acontecem pra valer durante a noite. As pessoas que passeiam pela avenida à luz do sol, procuram sentar em lugares simples e calmos, nada muito agitado. Decido, então, ir ao MASP, um museu que fica perto de onde estou e que, normalmente, é tranquilo, sem muitas pessoas.

Chego ao MASP e me acomodo em um banquinho feito de pedra cinza. A paisagem é simples. Há um pequeno gramado em volta do quadrado de concreto onde ficam os bancos e, na parte da frente, existem duas ou três lagoas artificiais, sujas demais, mas que não deixam de dar um ar mais sofisticado ao lugar, que fica logo abaixo do museu.

Observo os casais de namorados que passam por ali ou ficam sentados, trocando carícias, com fones no ouvido tocando uma baladinha romântica. E algumas pessoas ainda dizem que não há amor em São Paulo, que aqui é a terra da pegação e que não há compromisso, mas eu duvido muito que estas pessoas conheçam São Paulo de verdade. Os casais apaixonados são peças constantes nesse lugar e eu só consigo pensar que, sem dúvida, as pessoas que falam tamanho absurdo sobre essa loucura de cidade, devem ser tristes e solitárias como eu. Digo isso porque, sem amor, simplesmente nada diante de nós parece real, o mundo parece ser feito em tons de cinza. Pensando nisso, constato que a vida não pode ser cem por cento feliz sem doses diárias desse sentimento.

Com o passar dos anos, desenvolvi o hábito de fumar escondido de todos. Só faço isso quando me sinto pressionado, assim não havia necessidade de contar para todos que eu gostava de tragar uma fumaça de vez em quando. Pego o maço de cigarros de cravo dentro da bolsa e acendo um, que exala um odor forte e marcante. Conforme inalo a fumaça doce e, ao mesmo tempo ardida, tenho a impressão de que meus problemas, aos poucos, se distanciam de mim. A sensação de alívio toma conta de meu corpo, suavizando minha tensão.

Vejo pessoas se levantando e algumas novas se sentando, mas nada mais me chama a atenção. Me distraio facilmente e não consigo perceber a estranha presença de um garoto na minha frente. Quando o percebo, me viro para encará-lo e noto que seu cabelo tem um tom de loiro esbranquiçado, obviamente adquirido com água oxigenada. Seu porte atlético e sério logo chama minha atenção. Vejo os músculos de seus braços à mostra com a camiseta regata preta e rasgada de uma banda qualquer e a bermuda jeans desfiada. O garoto está falando alguma coisa, então tiro os fones de ouvido, inquieto, e digo:

— O quê? — Minha cara de tédio deve ser evidente, porque o garoto aparenta estar sem graça.

— Eu perguntei se você pode me dar um cigarro. — Quando sua voz soa em meus ouvidos, sinto um arrepio me percorrer a pele. Sua voz tem um tom marcante, que a torna única e, certamente, sedutora.

Encaro o garoto por alguns instantes e abro a bolsa em busca do cigarro. Ele continua me encarando enquanto procuro o maço, com um olhar zombeteiro e interessado. Não sei explicar, mas algo nele me chama a atenção. Ele é bonito, sem dúvidas, mas a simpatia que seu olhar emana, de certa forma, me conquista. Os olhos castanhos e profundos me convidam a desvendar algo, me sugando para dentro dele.

Finalmente acho os cigarros dentro do emaranhado de coisas que está dentro da minha bolsa. Entrego um para o garoto. Ele acende o seu cigarro e se senta ao meu lado no banco. Não me lembro de lhe dar toda essa liberdade, mas que se dane, é bom ter companhia de vez em quando.

— Então, qual é seu nome? — pergunta, soltando a fumaça em meio às palavras.

Eu o encaro novamente antes de responder.

— Daniel. — Acabo soando um pouco mais desinteressado do que deveria, mas não pude me controlar.

— Bom, eu sei que você não perguntou, mas o meu é Bernardo. — Ele diz com um sorriso meio escondido, sincero.

O nervosismo vai tomando conta de mim aos poucos. Não costumo conversar com o primeiro estranho que me aborda na rua, principalmente se ele for um bonito como o Bernardo.

Tento me controlar. Não posso demonstrar interesse por alguém que eu não conheço, principalmente em público. O que as pessoas podem pensar de mim? Não estou com vontade de descobrir, então acendo outro cigarro, como se nada estivesse acontecendo. Mas está. Bernardo deve ter percebido minha inquietação e começa a falar novamente.

— Cara, eu posso ser sincero com você? — ele pergunta, rindo.

Não, claro que não! penso.

Mas não encontro forças para respondê-lo, apenas o encaro por tempo suficiente para indicar que, sim, quero saber o que ele está pensando sobre mim. Ele também me encara durante um tempo, sem ter certeza se deve ou não falar o que está pensando.

— Sabe, não tem problema nenhum em ser gay. — Engulo em seco no momento em que a palavra "gay" sai de sua boca. — Sou feliz desse jeito e você também deveria ser.

Mais alguns momentos de tensão pairam no ar.

— Sei que não conheço você e que não tenho direito de falar essas coisas, mas foi o que eu percebi quando o vi. Ou você acha que eu só tinha a opção de pedir o cigarro para você? E sim, esse negócio de "gaydar" funciona muito bem!

Não sei explicar, mas tenho a sensação de que borboletas alçam voo dentro do meu estômago.

— Bom... isso não é bem da sua conta. — digo, irritado.

Ele basicamente ri da minha cara como se estivesse assistindo a um filme B de comédia, daqueles da Sessão da Tarde. Ele não consegue parar de rir e, de certa forma, me sinto mal com isso.

— Eu sei muito bem quando as pessoas fingem estar envergonhadas, Daniel.

— Sabe, Bernardo, não sei de onde surgiu essa liberdade toda, mas nada disso é da sua conta. — Respiro fundo, mantendo a pose de machão. — Você parece ser bem legal, mas não faz meu tipo, sério mesmo!

Bernardo me encara com surpresa durante alguns instantes, mas logo a surpresa é substituída por um sorriso franco. Não entendo essa capacidade de sorrir diante de qualquer coisa, que somente pessoas como Bernardo têm. Talvez eu seja amargo demais para compreender, talvez eu ainda não tenha experimentado as mesmas coisas que ele. Não sei ao certo o que faz com que as pessoas sorriam à toa, mas é uma coisa que estou disposto a aprender.

O sol ainda está alto e quente no céu azul de janeiro, e não faço a mínima ideia de quanto tempo passou desde que me sentei naquele banco.

— O que foi? — pergunto, fingindo timidez.

— Nada, não — responde Bernardo, ainda sorrindo. — Só estava pensando em como é bom fazer novas amizades.

Fico surpreso com sua reação. Esperava um pouco mais de medo depois da minha falta de educação. Olho rapidamente para o relógio em meu pulso, ele já marcava seis e meia da tarde! Minha mãe já deve estar louca, formando teorias absurdas sobre o que pode ter acontecido comigo. Preciso me despedir de Bernardo, mas eu não era exatamente um mestre em despedidas. Esse sempre é um momento difícil para mim.

— Bernardo, realmente foi muito bom conhecer você — engulo em seco —, mas eu preciso ir.

Ele me encara por alguns instantes e eu o encaro de volta, observando o tom chocolate de seus olhos. Isso está sendo tão difícil para ele quanto para mim.

— Tudo bem, cara — ele diz com um olhar triste de cachorro pidão. — A gente se vê por aí.

Trocamos um breve aperto de mão e seguimos cada um o seu caminho. Durante todo o trajeto para casa, não consigo pensar em outra coisa a não ser em Bernardo. Algumas pessoas são assim, mexem conosco e desaparecem, num piscar de olhos. Bem lá no fundo, uma chama se acendeu, me dando esperanças de que Bernardo estivesse pensando também em mim naquele momento.

Minha cabeça está girando com a grande quantidade de pensamentos. Tento ler mais um pouco, mas não consigo focar nas palavras; é como se estivesse tentando ler algo em uma página em branco. É só então que chego à conclusão de que, talvez, sejam as minhas próprias páginas que precisem de palavras. Duvido muito que algum dia eu reencontre esse tal de Bernardo, mas ele marcou algo em mim, como uma gota de tinta preta marca uma página branca.

8

Chego em casa cansado pra caramba, então começo a fuçar na bolsa, apressado, para encontrar o maldito molho de chaves que carrego comigo. Depois de achar a chave do portão, entro e bato a porta atrás de mim. Acho estranho o silêncio de casa, tudo parece quieto demais. As luzes todas estão apagadas e não percebo nenhum movimento pelas janelas. Será que aconteceu alguma coisa e esqueceram de me avisar? Bom, pelo menos se eu não tiver passado em nenhuma das faculdades para as quais prestei o vestibular, não terei de aguentar a cara de decepção da minha mãe.

Eu me aproximo da porta que desemboca na sala e me surpreendo ao encontrá-la destrancada. O que estaria acontecendo? Será que fomos assaltados? Encucado com o que possa estar acontecendo e me sentindo em um filme de terror, entro cautelosamente no cômodo escuro, já com os punhos fechados e pronto para estourar a cara de quem quer que seja o filho da mãe que invadiu minha casa dessa forma.

— U-HU! — Uma voz estridente soa do fim da sala e as luzes se acendem, revelando meus amigos, meus pais e o insuportável do meu irmão. Todos bem animadinhos, na minha opinião.

Antes que eu possa dizer qualquer coisa, reparo em uma mesa com refrigerantes, salgados e alguns doces, bem típica de uma festa de crianças. Ao lado da mesa está minha mãe, com um sorriso que ofusca o de qualquer outra pessoa presente na sala. Ela se desloca animadamente em cima de seus saltos altos em minha direção, prestes a me abraçar, mas a impeço e digo:

— Que palhaçada é essa?! — Eu a encaro, sem entender toda a situação. — Meu aniversário foi mês passado, lembra?

Sua expressão se entristece por um momento, mas não sei esconder quando não gosto de alguma coisa. Por isso, continuo a encará-la, sério e sem entender o que está acontecendo. Após alguns segundos de pura enrolação, minha mãe resolve desembuchar:

— Sabe como é, né, filho? — Ela solta um risinho tímido e olha para as próprias mãos. — Suas senhas são muito fáceis... e eu... hmm... entrei no seu e-mail e VI QUE VOCÊ FOI APROVADO NA ST. GERMAIN! VOCÊ PASSOU!

Seu grito agudo quase estoura meus tímpanos. Como é? Será que eu tinha entendido bem? A velha não perdia a mania de bisbilhotar a minha vida, pelamor! E se tivesse algo que eu não queria que ela soubesse ali?

Tento me manter calmo e, por isso, paro de dar atenção a minha mãe e sigo até a mesinha de festa de criança para comer e beber alguma coisa. Mal termino de encher um copo com refrigerante e já estou rodeado pelo trio ternura. Bia e Line me abraçam forte, quase me sufocando. Retribuo o abraço com tapinhas nas costas das garotas e espero elas me largarem.

Andy está um pouco estranho. Não se aproxima logo de cara. Fica quieto, na dele. Mas quando as garotas saem de perto de mim, ele me abraça de forma carinhosa — um pouco carinhosa demais para o meu gosto — e eu, estranhamente, o retribuo com o mesmo carinho.

— Tá tudo perdido mesmo... — deixo escapar as palavras da minha boca, mas Andy não se intimida nem um pouco. O garoto não dá qualquer indício de que vai me largar, então tomo a inciativa e o afasto de mim, mesmo querendo ficar ali.

As coisas não precisam ficar mais estranhas, né?

Faz umas duas ou três horas que a festinha começou e meus pais já conseguiram me envergonhar em nível hard. Já comentaram com meus amigos sobre as memórias lindas da minha infância sem graça e estou tentando fazer de tudo para eles não começarem a mostrar as minhas fotos de bebê.

Graças aos deuses a comida está acabando e, por mais que ame meus amigos, mal vejo a hora de irem embora. Bia e Line parecem estar totalmente imersas na conversa dos meus pais, mas Andy não descola os seus olhos de mim. Maldito seja ele por fazer com que eu me sinta assim, vulnerável e, de certa forma, atraído pelo filho da puta.

Droga. Preciso acabar com essa palhaçada agora mesmo.

Eu me levanto da cadeira e Alexandre me encara sem entender o meu aparente nervosismo, mas não se preocupa em dizer nada. Sigo até o meio da sala e olho para todos, cansado de tudo.

— Gente — preciso pigarrear para conseguir a atenção de todos —, sério mesmo, valeu pela surpresa, mas preciso dormir. Agora que passei na faculdade, vou precisar manter esse corpinho aqui bem descansado.

— Você tá mandando a gente embora, seu... — Bia começa, mas engole as palavras e então lanço um olhar furioso para ela, que se acanha em sua poltrona.

Contra todas as minhas expectativas, Andy se levanta, ainda me despindo com os olhos, mas desta vez não sei definir se ele sente desejo, repulsa ou qualquer outra merda. Com a voz forte e determinada, ele se vira para as garotas e diz:

— Ele tem razão. — Seu tom seco e desinteressado acaba por me deixar meio triste, mas quero mais é que ele se foda. — A gente já falou demais. Olhem a hora que é!

Ele transpira masculinidade e isso me irrita. Esse é o principal motivo que não me deixa acreditar naquele papelão todo que nós passamos. Porra, o cara é um machão e, de repente, decide que quer me beijar? Vá pra merda, não consigo entender mais nada dessa vida. Nem eu mesmo. Como eu posso odiar e, ao mesmo tempo, querer algo com ele? Estou me sentindo perdido...

As duas garotas se levantam, apressadamente, e seguem Andy até a porta. Percebo que meus pais estão um pouco embriagados, então eu os levo até o portão. As garotas mal se despedem de mim e saem pela porta de madeira sem olhar para trás, me deixando a sós com Andy.

Meu estômago se revira diante da situação, mesmo assim, encontro forças para bater de frente com ele.

— Sabe, Andy — procuro as palavras certas para lhe dizer, mas nada é tão fácil assim —, até hoje tento entender o que se passa na sua cabeça. Porra, você é meu amigo! Não podia ter feito aquilo.

Essas malditas palavras soam tão vazias. Não há verdades nelas, apenas mentiras inventadas para satisfazer um eu que não quer ter de assumir um compromisso tão grande como este.

Quero odiá-lo pelo que aconteceu naquela noite, mas só consigo odiar a mim mesmo. Vê-lo diante de mim, inquebrável, como se nada de muito importante estivesse acontecendo, me deixa com vontade de dar uns bons murros em sua cara perfeita.

Meu sangue ferve ainda mais quando o filho da mãe coloca as mãos em meu rosto e diz calmamente:

— Me poupe, se poupe.

Tento retrucar, tento machucá-lo de alguma forma, mas as palavras simplesmente não saem. Então, puto de raiva, abaixo a cabeça para não ter que ver o maldito sorriso que se forma em seus lábios.

Contra todas as possibilidades, ele ergue minha cabeça e me força a encará-lo, os olhos escuros e profundos cheios de sentimentos com os quais não consigo lidar, e coloca a mão direita em meu ombro, apertando-o com uma força sem igual. Sem dizer uma palavra sequer, Andy atravessa a porta, me deixando a ver navios, sem respostas.

Minha cabeça dá voltas, e agradeço por ele não ter feito nada. Mas, de verdade, estaria mentindo se não admitisse que meu coração deu um salto quando ele me tocou.

9

Os adultos vivem dizendo que a vida dos adolescentes é fácil, que nós não temos responsabilidades, contamos com comida na mesa e roupa lavada... Mas será que é tão fácil assim? Será que eles se esqueceram que precisamos lidar com as indecisões e medos que temos antes de nos tornarmos adultos? Não sei como foi a adolescência de quem pensa desse jeito, mas a minha não é simples assim. Ainda mais agora que as aulas da faculdade irão começar e terei de conviver com algo completamente novo.

Estou tomado por um sentimento de insegurança tremendo. Fiz a minha matrícula há menos de uma semana, com direito a pulinhos e gritos animados da minha mãe: — U-HU, PASSEI NA FACULDADE. Neste exato momento, estou dentro de um ônibus barulhento em direção a St. Germain.

A parte boa de tudo isso — o frio na barriga, a ansiedade para descobrir como as coisas vão funcionar e tudo mais — é que o trajeto não é muito longo. Então, logo desço do veículo velho e com cheiro ruim, sem nem ter tempo de pensar no que estava ficando para trás... como o Andy. Eu me deparo com uma rua agitada, cheia de pessoas jovens e bares de todos os tipos. Isso, de certa forma, desperta algum interesse em mim, mas ignoro tudo e sigo para o portão principal da universidade.

Há uma rampa não muito longa, que desço instintivamente, desembocando em uma praça central cheia de árvores, com uma iluminação precária. Sem procurar muito, encontro um quadro cheio de setas, cada uma delas indicando um prédio diferente e os cursos ministrados neles.

O prédio de comunicação é logo à minha direita, não muito longe da praça. Sigo para lá vagarosamente, tentando adiar o inevitável. Droga, nunca pensei que eu fosse tão bunda-mole assim, pelamor!

Os corredores do prédio estão cheios de alunos indo de uma sala à outra apressadamente e eu nem sei qual é a minha. Enquanto ando pelo corredor, avisto uma mulher de meia-idade que aparenta ser professora e logo a abordo. Mas, ao mesmo tempo, uma garota baixinha e morena, com *dreads* no cabelo e um par de óculos grande demais para o seu rosto, aborda a mulher também.

— Você é professora? — Falamos ao mesmo tempo. A garota me olha com uma expressão confusa no rosto e continua: — Eu sou do primeiro período de Jornalismo e não sei onde fica a minha sala. — A mulher parece ponderar alguns instantes antes de responder à garota.

Se ela é do primeiro período, isso significa que ela provavelmente está na minha turma, mas não pergunto.

— Vocês já podem começar a usar um pouco mais dessa cabecinha de vocês, ok? — diz a mulher em um tom debochado. — Estão vendo o final do corredor ali? — Ela aponta para o lugar, onde há uma porta branca e alguns quadros de aviso. — Então, tem um quadro com todos os horários, de todos os cursos!

É, as coisas parecem ser rígidas nessa facul! Desculpe aí, tia, tenho vontade de dizer, mas tanto faz, já deveria estar preparado para isso. Corro até o fim do corredor e me deparo com uma porrada de informações sobre cursos, salas e horários das aulas. Demoro cerca de cinco minutos para encontrar o bendito primeiro semestre de Jornalismo. Aparentemente, todas as aulas são na sala cento e dezenove, que fica no quinto andar do prédio.

Como não sou muito fã de elevadores — um treco apertado que me deixa tonto —, começo a subir as escadas. Não demora para que eu chegue na sala, mas não entro logo de cara. Aguardo um pouco e respiro fundo antes de entrar. Ainda tenho certo medo de toda a responsabilidade que terei daqui em diante. Conto até dez para controlar essa ansiedade tosca que sinto. Droga, preciso tomar vergonha na cara e ser um pouco mais decidido na vida.

Entro na sala e me deparo com um lugar lotado de alunos sem graça, aparentemente entediados com toda a situação. Mas tento ver tudo de outra forma, espero que cursar Jornalismo em uma universidade renomada como a St. Germain me faça enxergar a vida com novos olhos.

Ergo a cabeça, repleto de confiança e determinação forçadas e sigo para dentro da sala. Escolho um lugar próximo à janela e me sento. As paredes são tão brancas que, ao mesmo tempo em que ofuscam minha visão, me dão a impressão de estar em um local asséptico, sem vida alguma além da nossa.

Tiro um bloco de anotações da bolsa e pego algumas canetas também. Afinal, é o primeiro dia de aula, não creio que algo de importante irá acontecer logo hoje, mesmo assim me esforço para parecer um cara mais estudioso.

Uma professora, aquela mesma mulher "gentil" do corredor, entra. Ela permanece alguns minutos apenas olhando as faces de cada um dos alunos, incluindo a minha, como se estivesse fazendo um exame de raios X. Juro que dá até uma pontinha de medo.

Um baque surdo se propaga pela sala e todos ficam em silêncio. Procuro de onde veio aquele som irritante e vejo que a professora está com uma régua gigante de madeira na mão. A mesma com que deu uma pancada na mesa.

— Agora que eu tenho a atenção de vocês, meu nome é Sandra Boldrine. Serei a coordenadora da turma de vocês e ministrarei as aulas de Leitura e Produção de Texto neste primeiro período.

O silêncio que ronda a sala é tão grande, que me faz ter a impressão de que a vida acabou em todo o planeta por alguns instantes.

Alguns professores gostam de passar uma boa primeira impressão, mas outros, como deve ser o caso da secona ali, preferem ser comparados com carrascos medievais desde o primeiro momento. Acham que isso impõe o respeito, mas não consigo pensar assim, nem entender essa linha de raciocínio. O que eles causam é medo, só que medo também não é capaz de manter a paz dentro da sala.

O pior é que a aula dela nem foi legal. Encheu linguiça durante horas, no mínimo, para apresentar o curso e as regras da universidade. Ou seja, eu estava correto ao pensar que nada extremamente importante seria abordado na primeira aula, e que a professora Sandra seria um saco!

Para passar o tempo, começo o rabiscar uma folha em branco, mas acaba me dando sono. Começo a correr os olhos pelos outros alunos da classe. É aí que vejo a garota dos *dreads*, sentada a umas duas cadeiras de distância da minha. Ela morde a tampa da caneta, demonstrando tédio e impaciência. De tempos em tempos, olha o visor do celular, preocupada com a hora. Deve ter algum compromisso assim que sair daqui.

Finalmente, depois de muito enrolar, a voz rouca e imponente de Sandra se despede:

— Boa noite, alunos — seu tom de voz é seco e a mulher nem espera uma resposta, saindo da sala e quase esbarrando em um carinha que entra.

Deus Pai, quem seria o moço? É novo demais para ser professor de uma universidade. Ele aparenta ter no máximo uns trinta anos, com os cabelos muito negros e a pele tão branca, que me faz pensar na Branca de Neve. Sem querer, acabo percebendo alguns suspiros de garotas e talvez — só talvez — de algum garoto meio estranho que está sentado perto de mim.

Mas o cara não é nada feio, nem eu consigo parar de encará-lo.

Tentando quebrar o clima criado por sua presença, o misterioso rapaz decide abrir a boca para falar:

— E aí, galera? — Seu tom de voz é animado e bem jovem, como sua aparência dá a entender. — Meu nome é Bruno Hebert, e ministrarei as aulas de Sociologia.

Todos fazem silêncio, sem compreender o fato de alguém tão novo estar dando aulas para a gente. Mano, o cara parece ter a minha idade!

— Bom, acho que vocês ainda não fazem a mínima ideia de quem sejam os seus colegas. — diz ele, com um olhar zombeteiro. — Então o que acham de se apresentarem uns aos outros?

Ninguém da turma quer se arriscar a pagar esse mico, o que significa que ele escolherá algum de nós, o que faz o meu estômago revirar. Assumo que eu não sou muito bom com essas apresentações idiotas, já que morro de vergonha de falar em público. As aulas mal começaram e já tenho um obstáculo para enfrentar. Mas ninguém disse que seria fácil, né?

Bruno boceja, impaciente, e começa a falar:

— Já que ninguém quis começar, vou sortear alguém na lista.

A tensão paira no ar contido na sala. Posso ouvir claramente as pessoas ao meu redor engolindo em seco. A garota dos *dreads* mexe nervosamente em uma de suas mechas. Sinto um arrepio subindo pela minha espinha, deixando todos os pelos de meu corpo de pé e, considerando que não tenho quase nenhum, isso é coisa demais.

O silêncio é quebrado pela voz doce e jovial de Bruno.

— Luana Gomes — ele chama, sem tirar os olhos da lista que está sobre sua mesa. — Você é a felizarda.

A garota dos *dreads*, que agora sei que se chama Luana, tira os olhos da tela do celular e pigarreia. Ela não está nada confortável diante da situação, assim como eu. Luana levanta timidamente, como uma criança que acaba de levar uma bronca do pai por falar um palavrão ou algo do tipo.

— Hmm... ok. — Sua voz é harmoniosa e baixa. — Estudei na rede pública de ensino a minha vida inteira. Sempre fui chamada de nerd na escola por preferir ficar sentada no meu canto escrevendo sobre as coisas ao meu redor. — Ela faz uma breve pausa para respirar.

Os outros alunos a encaram quietos, pensando em como se apresentarão para a turma. É bom saber que, além de mim, os outros também sentem certo constrangimento diante da situação imposta pelo professor.

— Foi por isso que acabaram me responsabilizando pelo jornal da escola, e hoje estou aqui, cursando Jornalismo. — Ela se senta rapidamente, ainda envergonhada.

Não sei por que, mas comecei a gostar de Luana desde o momento em que ela levantou para se apresentar. Compartilho desse sentimento de insegurança que ela demonstrou na frente da sala e, além do mais, essa garota parece ser uma pessoa simples e interessante. Pode parecer precipitado, mas fiquei interessado em me tornar seu amigo.

Aos poucos as pessoas começam a se soltar, perdendo a vergonha e se abrindo para aquele público da sala. Alguns são tímidos demais, em contrapartida, outros são bem abertos e extravagantes.

Em alguns momentos deixei minhas gargalhadas escaparem, principalmente quando um garoto chamado Gustavo foi chamado lá na frente, dramatizando sua apresentação.

Está estampado em sua cara estranha que ele é gay e não precisa esconder isso. O medo que eu tenho de mostrar quem sou, até mesmo para mim, não se aplica a Gustavo. Ele está vestido com uma calça apertada demais, que demonstra perfeitamente sua magreza. Ele usa sapatos que me lembram os modelos antigos que meu avô usa e o decote de sua camiseta é um pouco grande demais. Sua pele morena contrasta perfeitamente com o cabelo cor de mel, que, ao que tudo indica, só está presente na parte de cima da cabeça, pois é raspado nas laterais e na parte de trás da cabeça e grande no topo, penteado de lado e chegando até o ombro esquerdo. Os olhos profundos e castanhos encaram a turma com tamanha intensidade, que acabo por sentir uma sensação vertiginosa durante alguns momentos.

Ele está dando um show diante da classe, contando cheio de entusiasmo como foi parar ali, como se, de fato, estivesse em um palco, diante de uma plateia digna da *Broadway*. Essa liberdade que ele expressa faz com que certa repulsa cresça dentro de mim, mas sei que, na verdade, é uma mistura de inveja e medo.

As apresentações seguem nesse mesmo ritmo, umas animadas pra cacete e outras entediantes até demais. Até que chega a minha vez.

Levanto, tremendo. Cheguei a pensar que conseguiria me safar deste constrangimento, que poderia passar despercebido diante daquela plateia sedenta para saber da vida alheia. Mas eu estava enganado, como sempre. A voz calma do professor me lembra que não posso escapar desta morte social lenta e dolorosa.

Acho que ele tem razão.

10

— Bom, quase todos já se apresentaram, — O professor Bruno faz uma pausa dramática. — Falta você, Daniel. Todas as cabeças se viram para mim, de forma surpreendentemente rápida. Sinto vontade de cavar um buraco e enfiar minha cabeça dentro dele, me esconder lá no fundo até que o mundo se acabe. Sinto uma breve sensação de náusea diante da situação vergonhosa em que me encontro.

Me levanto sem jeito, quase derrubando a cadeira na qual estava sentado. Caminho a passos lentos até a frente da sala e olho brevemente as pessoas que me encaram parecendo leões fitando a presa.

Posso perceber que Gustavo e Luana estão entretidos em seus mundos particulares, isso me alivia um pouco. Talvez seja melhor eu vestir uma máscara de ironia, parecer um completo babaca e acabar logo com isso. Pelo menos eu não revelarei o cara covarde e sem graça que realmente sou.

— Bom, antes de tudo, não sou loiro de farmácia. Meus olhos são azuis de verdade, nada de lentes. E, acreditem se quiser, meu corpo é assim por que eu jogava no time de futebol da escola.

Meu esquema parece ter surtido o efeito desejado, as pessoas continuam quietas e me encarando com olhares confusos, sem entender bem qual é a minha intenção.

— Ok, Daniel. — Bruno me olha com um sorriso zombeteiro estampando seu rosto. — Isso todos nós já vimos — comentou, tirando algumas risadas da turma e me deixando ainda pior. — Agora que tal falar um pouco de como você veio parar aqui?

Tenho a impressão de que irei desmaiar ali mesmo, na frente de todos. Parece que meu chão se desintegrou durante alguns instantes e eu estava flutuando, prestes a cair em um abismo sem fim. Não quero — e não posso — falar sobre quem eu sou de verdade para esses trouxas que nem conheço. Se os conhecidos já me magoam, imagina quem não tenho intimidade? Tento, em vão, buscar saídas lógicas em meio ao turbilhão de pensamentos que invadem o meu cérebro, remexendo as mãos sem motivo algum.

Eu só preciso da máscara certa para dar a eles o que querem.

— Tudo bem. — Sinto minha voz falhar antes mesmo de completar a frase. — Desde pequeno, meus pais me incentivaram a jogar no time de futebol da escola. Eu gostava, mas também sempre gostei de escrever artigos para os grêmios estudantis e textos pessoais. — Ok, até aqui, tudo verdade. — Sempre fui incentivado a ler e a ser o exemplo da família. Tive várias namoradas durante minha vida estudantil...

Posso começar a mentir agora?

— E, no momento, meu coração está de portas abertas para novas garotas. — Acho que exagerei um pouco, uma bela primeira impressão a ser passada. — E, ao contrário do que os meus pais esperavam, não fui parar na turma de Educação Física, mas sim na de Jornalismo.

A turma não parece muito interessada no que estou dizendo, muito menos o professor, então me sento novamente.

As conversas paralelas começam a surgir em questão de segundos, impregnando a sala de ruídos indistinguíveis. Pelo que percebo, a maioria dos meus colegas já encontrou pelo menos dois novos amigos, mas eu ainda estou sozinho. Olha, confesso que estou bem chateado por não ter conseguido a atenção da Luana e do Gustavo, mas não quero deixar isso me abalar logo no primeiro dia de aula, então finjo estar calmo e continuo sentado no meu canto, olhando para o nada enquanto o professor guarda suas coisas e sai da sala.

O barulho só é quebrado quando um estalo agudo ressoa pela sala, produzido pelos dedos de uma garota magra, alta e com os cabelos vermelhos. Ela veste apenas uma minissaia jeans com uma regata com a estampa do uísque Jack Daniels. Parece estar inquieta, ansiando por atenção.

— Calouros queridos, será que eu posso falar? — É tanto vermelho em uma pessoa só, que eu começo a sentir algo estranho em meu estômago.

Nossa, primeiro dia de aula... Tinha esquecido do trote.

Além do cabelo de fogo, a garota ainda estampa lábios com batom na cor de sangue e unhas longas na mesma tonalidade. Sem dúvida, é o tipo de pessoa que gosta de chamar a atenção.

Aos poucos meus colegas vão se calando, pois além de muito bonita, a garota impõe certo respeito.

— Que bom — Ela mostra um sorriso estonteante quando todos silenciam. — Meu nome é Ingrid e sou do terceiro ano de Jornalismo. Bom, agora queria chamar todos vocês para saírem da sala. Acho que sabem muito bem o que está esperando por vocês lá fora.

Recolho minhas coisas e as enfio na bolsa apressadamente. Tento conter o nervosismo, mas ele é evidente. Sinto meu rosto queimar enquanto sigo em direção à porta. Ingrid continua lá, medindo cada um dos meus colegas de classe dos pés à cabeça. Imponente feito uma gigante, bem acima de nós.

Estou chegando perto da porta e noto que ela mantém seu olhar em mim por mais tempo, com certo interesse. Fico ainda mais envergonhado, por isso abaixo a cabeça para esconder meu rosto o máximo que posso.

Como se isso fosse adiantar alguma coisa.

Ingrid assovia para mim e, sem seguida, solta uma risadinha estridente e cheia de segundas intenções. Tento caminhar mais rápido, fugir de seu alcance, mas isso não me ajuda muito. A garota espera até que eu esteja de costas para ela, para só então lascar um belo de um tapa na minha bunda.

Eu me espanto, o constrangimento parece prestes a explodir dentro de mim. Paro e começo a tremer, não de vergonha, mas de raiva.

Como essa garota teve a coragem de invadir minha intimidade assim? Engulo todas as palavras que quero gritar para ela quando ela desfere outro tapinha, desta vez, um pouco mais carinhoso.

— Vamos, calouro — ela diz, como se tudo aquilo fosse completamente normal. — Continua andando. E só um comentário: que bunda gostosa, hein?

Por um triz não abro a boca e mando essa idiota ir se ferrar. Mas prefiro não perder meu tempo, para não chamar a atenção dessa louca sobre mim o restante do ano. Então, continuo a andar em direção aos outros, usando o silêncio como única forma de indignação. Mesmo que seja difícil.

11

Ingrid nos leva para fora do campus em uma fila única, fazendo com que eu me sinta uma criança indo para a hora do recreio. O pior é que não é uma fila convencional, é uma coisa chamada "elefantinho", em que coloco uma mão entre as minhas pernas e quem está atrás a pega, quase deitando em cima da gente. Como se isso não bastasse o momento vergonha alheia, quem é o primeiro da fila? Eu, é claro! E quem vai pegar na minha mão, roçando o braço na minha já tão falada bunda? O Gustavo, conhecido como garoto *show business*.

Ela nos faz percorrer todo o campus desse jeito, sob os olhares de alunos e professores que nos observavam como se fôssemos animais exóticos. Resultado: em poucos minutos estou roxo de vergonha. A maioria dos alunos ri loucamente, mas poucos, como eu e Luana, seguimos calados.

O constrangimento em um trote é sempre esperado, no entanto, o que eu não esperava é que o sentiria desde o começo.

— Vocês estão indo muito bem, bichos! — Grita Ingrid. — Mas ainda falta muito pela frente... Vamos lá!

Sua risada, repleta de malícia, ecoa em meus ouvidos como os trovões de uma tempestade furiosa no meio da noite. Decido que ficar irritado não é a melhor solução nesse momento. Devo me soltar, isso sim. É melhor aproveitar ao máximo as brincadeiras do que ficar com cara de bunda enquanto os veteranos tiram sarro de mim. Afinal, ficar amuado apenas fará com que eles intensifiquem as brincadeiras quando chegar a minha vez.

Finalmente saímos do campus e chegamos à mesma rua pela qual passei quando chegava à faculdade, cheia de bares e lanchonetes, agora mais lotada e barulhenta que antes. Os carros vêm e vão com os faróis altos, ofuscando a minha visão.

Os veteranos nos reúnem em frente a um bar chamado Flamejante para que possam realmente começar as atividades que planejaram para nós. O ar está carregado de murmurinhos sussurrados por meus companheiros de turma. Mal consigo distinguir as conversas, mas também não faz diferença. Simplesmente encaro o chão e fico na minha, como uma criança envergonhada.

Um dos veteranos, um cara alto e gordinho com a barba para fazer, pede para que todos façam silêncio.

— Sou o Felipe e, no momento, é só isso que vocês precisam saber sobre mim — A arrogância é evidente em seu tom de voz. Filho de uma puta, convencido. — Antes que continuem na brincadeira, quero deixar claro que vocês irão sair daqui muito sujos, alguns, carecas, e a maioria, bêbados. Os que quiserem desistir, por favor, o ponto de ônibus fica ali.

Ele aponta para o ponto de ônibus, que não fica muito longe de onde estamos, ainda com aquela expressão esnobe no rosto. Em poucos minutos o pessoal da classe desaparece, restando apenas a Luana, o Gustavo, o tal do Paulo cheio de marra e uma garota chamada Gabriela. E é claro, eu.

— Covardes — murmura Gustavo.

Luana começa a rir e eu faço o mesmo. Estamos juntos nessa, então devemos rir juntos. Eu me aproximo lentamente dela e dos outros e tento me inserir na conversa.

— E aí, gente? — digo, com um tom entusiasmado.

Gustavo revira os olhos, mas em seguida sorri. Luana está animada, o que é um pouco estranho. Afinal, ela estava completamente calada até pouco tempo atrás.

— Eu estava pensando que você faria a Drama Queen e sairia correndo junto com os outros — Gustavo diz, rindo.

Não faço a mínima ideia do que esta expressão realmente significa, mas não me preocupo e tento ignorar o seu comentário.

— Para com isso! — Luana o corta, sorrindo. — Depois daquela apresentação dele na sala, você acha mesmo que ele tem vergonha de ir embora de ônibus todo sujo?

Não posso afirmar, mas tenho quase certeza de que o líquido da garrafa de Luana não é água.

Ingrid nos observava de longe, com um copo de cerveja em uma mão e um cigarro na outra. Caramba, ela realmente é sexy.

Abro minha mochila em busca do meu maço de cigarros de cravo. Encontro-o e rapidamente o pego um. Merda! Onde será que está o meu isqueiro?

Reviro tudo que está dentro da bolsa. Nada do isqueiro. Devo ter deixado em casa, com a pressa de vir para a faculdade.

— Alguém tem um isqueiro para me emprestar?

Gustavo pisca para mim e tira um pequeno isqueiro branco de dentro da bolsa.

— Isso vai custar algumas coisas. Ok, gostosão?

Mal cheguei e já estou sendo cantado? Tenha santa paciência!

— Pago um drink para você depois. — Eu me esforço para que minha voz pareça a mais máscula o possível.

Acendo o cigarro e dou uma tragada rápida. Sinto a fumaça com sabor de cravo invadir meus pulmões. Que alívio... O cigarro tem o poder de me acalmar em situações como essa.

— Tudo bem, então — Gustavo diz —, mas eu escolho!

Bom, pelo menos ele não é pervertido a ponto de deixar as coisas ainda mais constrangedoras. O papo estava embaraçoso, e eu havia me esquecido totalmente de que estávamos em um trote. Noto, então, que os veteranos nos encaram de forma esquisita.

— Então, vocês vão ficar? — pergunta Felipe, girando o dedo em nossa direção para indicar que está falando conosco.

Dou mais uma tragada no cigarro e seguro a fumaça por um tempo, antes de ter a coragem de fitar os meus colegas. Todos assentimos. Estávamos juntos nisso.

Essa foi a primeira notícia verdadeiramente boa da faculdade. Mal nos conhecemos — na verdade, só sabemos os nossos nomes e olhe lá — e já estamos pensando em ajudar um ao outro. Não vou me esquecer daquilo: já tenho amigos por ali também.

Amigos com os quais posso contar. Amigos que poderão me ajudar e que sempre vão me apoiar. Até mesmo amigos que nunca foram beijados por mim...

Droga. Isso nunca vai sair da minha cabeça?

Aquilo com Andy foi somente uma experiência, um beijo de brincadeira, é o que digo para mim mesmo mais uma vez. Eu havia gostado, mas ele fez aquilo apenas para que eu descobrisse quem realmente era, nada mais. Tenho de deixar tudo trancado bem no fundo de minha cabecinha perturbada.

Hoje não é dia para essas coisas. Chacoalho a cabeça e volto a atenção para os veteranos inquietos na frente do bar. Ingrid já não está mais fumando, apenas bebendo sua cerveja. Desta vez, ela é quem dá as instruções.

— Bom, já que vocês decidiram ficar, fiquem sabendo que: primeiro, nós vamos sujá-los com tinta. — Ela faz uma careta tão engraçada, que quase engasgo com a fumaça que estava em meus pulmões.

Sem que eu perceba, alguém enche meu cabelo com o que parece ser molho de tomate. Que legal, minha camiseta é branca! Passo a mão no cabelo e a levo em direção à boca. Sou interrompido por um som em negação.

— Eu não colocaria isso na boca — Felipe adverte, rindo.

Em seguida, percebo que todos os outros estão com os cabelos sujos de molho de tomate. Coitada da Luana, o molho escorreu em seus óculos e só consigo imaginar seu desespero com aquilo atrapalhando sua visão.

Depois de percebermos que o trote já começou, Ingrid e mais dois veteranos caminham em nossa direção com potinhos de tinta guache.

Eles pintam nossos rostos com o nome do curso e na testa fazem o desenho de um pênis torto e estranho. Isso pelo menos é o que vejo que pintaram em Gustavo.

— Agora, vocês vão arrecadar dinheiro no farol para que nós possamos festejar bebendo à custa de vocês, é claro! — Ingrid anuncia, com a voz entusiasmada.

Até aí, nada de mal. Será difícil conseguir muita coisa em um farol por aqui, mas se eles querem assim, que seja feita sua vontade.

— A nossa colega ali — diz ela, apontando para uma garota morena e peituda — se chama Tamara. Ela vai ensinar para vocês como se faz.

Ouço um coro de "U-hu" vindo dos veteranos. Eles já devem conhecer a Tamara muito bem.

Ela segue para o farol, espera até que ele fique vermelho e para no meio da faixa de pedestres. Em uma das reviravoltas mais fodásticas da história estudantil, a tal da Tamara levanta a camisetinha regata que está vestindo e exibe peitos que, no mínimo, podem ser considerados bem grandes.

Paulo e os outros caras estão babando feito um bando de cachorros retardados. Por isso, foco meu olhar em Tamara para tentar manter minha imagem de machão. Mesmo assim, prestando atenção em seus seios, não consigo me sentir atraído por eles.

Sou um babaca filho de uma puta, olhando assim, fingindo desejo, sendo que não sinto nada, absolutamente nada por aqueles peitos, considerados monumentais por meus colegas. Tento sustentar o olhar por mais algum tempo, mas me poupo da cena e finjo olhar para os meus pés.

Por um milagre, Tamara se veste e começa a passar na fila de veículos, pedindo que os motoristas ajudem na arrecadação de verbas para o núcleo estudantil. Coitados, jura que eles acreditam nisso ou só ficaram hipnotizados pelas montanhas gêmeas da morena?

Eu, Gustavo e Paulo não temos seios e duvido muito de que Gabriela e Luana mostrem os delas. Como conseguiremos ganhar alguma coisa? Estamos fodidos nessa!

Seguimos em direção à faixa de pedestres. Uma eternidade se passa até que os faróis se fechem para que finalmente o grande mico do dia aconteça.

Luana, que está com uma plaquinha feita de cartolina branca com as palavras "Ajude o Conselho Estudantil" escritas, vai desfilando pela faixa até chegar ao meio da rua. Seguimos o seu exemplo e, após ela terminar a sua performance, passamos de carro em carro.

Muitos dos motoristas são rudes e fecham as janelas de seus carros. Trouxas!

Não sei o motivo, mas alguns, principalmente os mais velhos, conseguem ser bobos o suficiente para acreditar nesta palhaçada toda. Já outros querem tirar o maior proveito da situação e acabam por cantar as meninas, o que me faz sentir uma vontade forte de socar as caras deles, mas me controlo.

Na primeira rodada conseguimos apenas dez reais. Não é muito, só um bom começo.

Decido tirar a camiseta. Pelo menos as mulheres sentirão um pouco mais de satisfação em dar alguns trocados, por mais que eu me sinta um idiota por depender do meu corpo para conseguir alguma coisa.

Começo a caminhar da maneira mais sensual que consigo até o meio da faixa de pedestres, com a placa em punho e abro o meu sorriso mais radiante. Em seguida, faço uma expressão de cachorro pidão. Deixo a placa com Gustavo e passo nas fileiras de carros. Para a nossa sorte, a maioria deles está ocupada por mulheres. E tudo fica mais fácil para nós.

Em alguns momentos, preciso me segurar para não rir. Algumas mulheres pedem para passar a mão no meu abdômen, e deixo que elas façam, apesar de odiar aquilo. Era hora de entrar no jogo, de deixar que elas desfrutassem do meu corpo. Um projeto de gogo boy.

— Posso dar um beijo nesse tanquinho? — Escuto uma voz rouca vinda por trás de mim.

Eu me viro bruscamente e fico sem saber como reagir pela primeira vez naquela noite.

12

Quando me viro, me deparo assustado com um carro preto, em que o motorista é um rapaz, mais ou menos da minha idade, vestido de mulher. Desvio os olhos, hesitante por alguns segundos. Confesso estar chocado e constrangido, já que é um pouco estranho ver um homem praticamente de saia, brincos e batom querendo beijar a minha barriga. Mas se entramos no fogo é para nos queimar. Portanto, deixo as minhas frescuras de lado, já que deixei a mulherada deitar e rolar.

— Se você deixar, tenho cem reais aqui na carteira esperando por você. — Ele sorri, de forma sedutora.

Tento entrar na brincadeira, mas o constrangimento só cresce dentro de mim. Isso não está certo.

Começo a me afastar, sem perceber, do carro preto, mas me surpreendo ao levar um forte cutucão de Gustavo, que me encara sem entender minha repulsa. Eu me aproximo, lentamente, do veículo e pisco para o motorista maquiado.

Bom, na pior das hipóteses, essa é a coisa mais leve que pode acontecer neste trote.

— Claro que pode! — Forço um sorriso. — Todinho seu.

Encosto o abdômen em sua janela e, no mesmo momento, sinto

sua língua deslizando do meu peitoral até a cintura da calça. Ok, foi um pouco longe demais!

Eu me afasto da janela e lhe lanço mais um sorriso forçado.

— Você chegou no limite, mocinho — digo, sorrindo.

Vejo que ele abre a carteira e tira uma nota de cem de dentro. Estende a mão, segurando a nota, e eu a pego sem muita cerimônia. Olho o verso e noto um número de telefone circulado por corações. Pelo visto ele tem várias dessas notas para quando encontra caras bonitos pela rua.

Consigo escutar as risadas histéricas de Gustavo ao longe. Ele está achando graça da situação.

— Eu também quero! — Escuto Gustavo dizer atrás de mim.

— Tem cem reais para desembolsar? — Forço minha voz para soar de forma grosseira e máscula. Não preciso abrir o armário tanto assim, uma vez só basta.

Gustavo se revolta e segue pisando duro para o outro lado da rua. Eu tenho que manter a pose de machão e deixar claro que só fiz aquilo pelo dinheiro. Funcionou até agora.

Perdi a conta de quantas vezes mais nos humilhamos no farol, mas finalmente a noite acaba. Posso dizer que estou orgulhoso com a quantidade de dinheiro que conseguimos e, pelo visto, os veteranos também estão contentes.

Estamos em frente ao bar novamente e entregamos todo o dinheiro para Ingrid. No total, conseguimos arrecadar quatrocentos reais. Isso deve ser o suficiente para que eles possam beber a noite inteira.

— Meus bichinhos de estimação — ela diz, batendo palmas —, vocês foram muito bem. Especialmente o Daniel, que seduziu a todos, inclusive a mim — comenta, erguendo o copo de cerveja na minha direção.

Todo mundo ri e, ao longe, escuto um resmungo revoltado, vindo de Gustavo.

— Por isso, eu não vou cortar o cabelo de ninguém hoje — ela ri novamente. — Mas... Agora vem a parte legal da brincadeira.

Ingrid segura um palito de dentes pela metade em uma das mãos. Ela explica que teremos de passar aquele palito com a boca para cada um de nossos colegas e que, cada vez que o palito retornar para o começo da fila, seu tamanho será reduzido.

Legal, alguém será beijado pelo outro em algum momento...

Formamos uma fila, encostados na parede. Eu primeiro, seguido por Luana, Gustavo, Gabriela e Paulo.

— Na-na-ni-na-não! — Escuto Ingrid dizer.

O que estamos fazendo de errado?

— Gustavo primeiro, depois Daniel, Luana, Gabriela e por último o Paulinho ali. — A malícia em sua voz é clara como a água de uma cachoeira em um dia ensolarado.

Fazemos o que ela pede. Posso notar o desconforto no olhar de Gabriela, ela parece estar arrependida de ter aceitado participar do trote. Para a minha surpresa, Luana parece estar animada com a putaria que está prestes a acontecer. Para mim, não faz diferença, já lamberam a minha barriga mesmo.

— Vocês entenderam como vai ser, né? — Ela lança um olhar conspiratório para Tamara e entrega o palito para Gustavo. — Então, podem começar.

— Eu quero só ver no que isso vai dar. — Ouço Tamara comentar com Ingrid.

A coisa foi ficando cada vez mais complicada conforme o palito ia passando por nossa boca. Quando ele passa pela terceira vez, o tamanho já não é muito favorável e sinto minha boca tocar levemente a de Gustavo. Tudo bem, foi apenas um selinho, nada mais.

Escuto alguns gritos bem animados dos veteranos e olho para o meu lado esquerdo. Luana está praticamente engolindo a boca de Gabriela e o mais engraçado é que a garota aparentemente está retribuindo. Bem liberais, essas minhas coleguinhas... Caramba!

O que será de mim quando o palito passar pela quarta vez? Não dá tempo de pensar. Quando a hora chega, uma sensação estranha invade meu estômago. Eu me sinto tão idiota por ter essa reação. Sei lá, acho que realmente gosto de garotos, então por que tentar esconder isso? É claro que se isso chegar aos ouvidos curiosos da minha família, estarei ferrado. Ainda assim, me sinto um completo idiota por tentar enganar a todos, inclusive a mim mesmo.

Novamente, terei de atuar muito bem, fingir não estar gostando de algo que, na verdade, eu gosto. Estou começando a pensar que talvez devesse ter escolhido o curso de Artes Cênicas, não o de Jornalismo.

— Vocês vão passar esse palito ou não? — A voz inquieta de Ingrid faz com que meu corpo inteiro se arrepie.

Olho de relance para Gustavo e indico para que ele espere mais alguns minutos. Preciso me preparar para o que vai acontecer. Ingrid deve ter reparado que as coisas não são tão fáceis e vem em minha direção, segurando um copo com um líquido transparente. Ela me encara durante um longo minuto e depois lança um olhar conspiratório para Gustavo.

— Bom, acho que vou ter que dar um empurrãozinho — ela me entrega o copo com um sorriso desafiador no rosto. — Bebe tudinho, não quero nem uma gota nesse copo!

Não há escapatória. Por isso, pego o copo da mão de Ingrid e o viro de uma só vez. O líquido desce, deixando um rastro quente em minha garganta e, no momento em que ele atinge meu estômago, tenho a impressão de estar parado sobre uma fogueira de São João.

Acho que a bebida mexeu tanto comigo e com meus sentidos, que nem mesmo me dou conta de que minha boca e a de Gustavo já estão entrelaçadas. Mas uma coisa eu percebo, onde está o maldito palito?

Na verdade, pouco ligo para a porcaria do palito! Só quero me perder mais e mais nos lábios dele. Que se dane o mundo ao meu redor!

A boca de Gustavo é feroz e, ao mesmo tempo, tão macia. Não quero que aquele momento acabe... Não agora.

Desde o beijo de Andy que eu não sentia o prazer que estou sentindo agora. E retribuo. Toda a ferocidade de Gustavo é transformada em carinho por minha boca. Eu me perco em seu gosto, na sua doçura, me grudo nele como se a minha vida dependesse daquele momento. E sei que, de certa forma, depende.

A sensação de beijá-lo é libertadora. Por alguns momentos, consigo me sentir como uma pessoa real, de carne e osso. Consigo sentir que aquele que está ali, beijando com fome outro cara, é o verdadeiro Daniel, e não o farsante que deixei tomar as rédeas de minha vida.

As coisas boas são assim, começam sem esperarmos e acabam tão bruscamente quanto um trovão que cai dos céus. Contenho um gemido. Não é de prazer, ou dor. É tristeza de pensar que o sonho tem de acabar e a falsa máscara da heterossexualidade deve retornar ao meu rosto. Me desvencilho dos lábios de Gustavo e o empurro de forma brusca para longe mim.

— Cavalo! — Gustavo parece ofendido e não é para menos.

Me esforço para expressar minha melhor cara de nojo e cuspo no chão.

— Nunca. Mais. Faça. Isso! — Devolvo.

Gustavo me lança um olhar de desprezo e segue em direção ao bar. Luana está me olhando, sem entender nada do que aconteceu e Ingrid não consegue parar de rir.

Eu já esperava uma experiência memorável no trote, mas não algo nesse nível.

Em apenas metade de uma noite consegui ter meu abdômen beijado por um estranho, passei um palito nojento de boca em boca e, no fim, fui beijado pelo garoto mais gay da minha sala.

Apesar de ter gostado de tudo isso, não posso deixar transparecer. Esta é a vida de um mentiroso: gostar de certas coisas e ter de sentir a terrível dor de repudiá-las, fingir nojo daquilo que realmente se é.

Até quando eu conseguirei sustentar esse espetáculo? Quando será minha hora de sair de cena?

Isso somente o tempo me responderá com exatidão. De certa forma, estou destruindo a mim mesmo e, no fim de tudo, provavelmente não sobrará nem um mínimo resquício de quem eu fui algum dia. No final, serei apenas mais um em meio à multidão daqueles que deixam a sociedade ditar suas vidas, seus gostos e até mesmo seu visual.

Um dia serei consumido pela multidão feita de regras. Sou aquele que há muito tempo deixou de viver suas próprias vontades.

13

Eu não bebi quase nada na noite de ontem e a cabeça lateja, como se eu tivesse um sino dentro dela. Qualquer sinal de barulho e pronto, a filha da mãe dói como se eu estivesse prestes a morrer. Isso sem contar o estômago que está embrulhado e os olhos que mal consigo abrir, de pura preguiça.

A verdade é que, neste momento, tenho a impressão de estar num deserto quente como o inferno, onde toda a água do mundo parece ter desaparecido e só restou areia para eu colocar na boca. Meus lábios estão secos, estou incomodado com uma vontade insaciável de beber água, e ainda tem a danada moleza que não me deixa levantar nem mesmo para ir ao banheiro. Pois é, estou podre.

Olha, digo a verdade quando falo que não bebi quase nada no trote, mas bem que gostaria de ter bebido. Pelo menos justificaria, além da ressaca, o motivo de eu ter beijado o veadinho da sala na boca e depois o ter tratado daquela maneira.

No fundo, não me importo nem um pouco de ter sido rude com Gustavo — e nem me importo com aquele veadinho, ele que se dane —, é todo o resto que me preocupa, o que o restante das pessoas deve estar pensando. Bom, tenho de ir para a aula para saber, já que procrastinar na cama não é a melhor solução. Levanto lenta e preguiçosamente e sigo cambaleando em direção ao banheiro. Encaro o espelho durante um longo minuto. Minha cara não está nada legal, meus olhos estão vermelhos e inchados. Tô mesmo uma derrota.

Depois de alguns minutos tomando coragem, me obrigo a entrar debaixo do chuveiro, porque meu cheiro não está nada bom também. Se eu erguer o braço, o negócio fica tenso. No instante em que a cascata de água começa a se derramar sobre mim, sou invadido por uma sensação temporária de alívio. O frescor atenua a dor de cabeça momentaneamente, me livrando, de certa forma, da desastrosa noite passada. Fico parado aproveitando a sensação durante uns quinze minutos pelo menos, antes de começar a ensaboar o corpo. Termino de tomar banho rapidamente e corro para a frente do espelho. Apesar da enxaqueca não ter me abandonado completamente, pelo menos a minha cara está um pouco mais apresentável. Abro o armário em busca da caixa de comprimidos e tomo logo dois de uma vez para resolver o problema.

Termino de me secar, escovo os dentes e escolho a roupa do dia. Penteio o cabelo em um topete meio bagunçado, passo o desodorante sem cheiro e me visto. Nos dias normais, primeiro eu ligaria o som no último volume e tentaria arrumar o quarto, mas hoje eu só quero descer as escadas calmamente e tomar um bom copo d'água, já que a faculdade é só à noite. Obrigado a Deus por isso!

Abro a porta silenciosamente e desço sem fazer barulho. Qualquer coisa para não piorar o meu estado hoje é válida. Quase chegando à sala, ouço o som da TV ligada. Está passando um programa de debates, mas ainda não consigo ouvir ao certo o que eles estão falando. Quando fico mais próximo da sala, percebo que o assunto do debate é a homossexualidade e a aceitação da sociedade sobre isso. Os tabus envolvidos são, no mínimo, ridículos e a sociedade, principalmente as pessoas com mais de trinta anos, acabam apoiando isso, negando aos indivíduos que se declaram homossexuais a oportunidade de serem realmente felizes.

Tereza, uma amiga de minha mãe, está sentada na sala segurando uma xícara de café. As duas não desgrudam os olhares da televisão enquanto os participantes do debate discutem e posso prever que logo elas também terão um debate. Estava certo. Não demora muito para que isso ocorra.

— Sabe, Tereza — minha mãe faz uma pausa —, eu preferia ter um filho bandido do que ter um filho gay. Isso é uma vergonha!

— É realmente uma vergonha! — Tereza exclama, exaltada. — Esses jovens estão ficando cada vez mais distantes de Deus hoje em dia.

— É por isso que eu agradeço a Deus todos os dias — Minha mãe, religiosa?! — Nenhum dos meus dois filhos é desse jeito!

Nessa hora sinto meu coração se desprender do peito e espatifar no chão. Não posso mais escutar isso. Como minha mãe pode ser tão preconceituosa assim? Não consigo acreditar no que acabei de ouvir, não posso crer. Ela já pensa deste jeito sem saber sobre mim. Como será então a reação dela se um dia eu resolver me assumir? Não consigo nem imaginar a situação!

Sigo rapidamente para cozinha, fingindo não ter escutado os absurdos que as duas estavam falando. Pego a jarra da cafeteira e despejo o café que restou dentro da minha caneca favorita. Coloco duas fatias de pão de fôrma dentro da torradeira e espero uma eternidade para que fiquem prontas. Antes de realmente tomar o meu café da manhã, encho um copo de água e bebo de uma vez só. A sensação refrescante em minha garganta provoca um alívio quase que instantâneo.

— Você levantou! — diz minha mãe, parada bem em frente à porta da cozinha.

— É, acho que sim — o desinteresse fica evidente em minha voz. — E já estou subindo pro quarto!

Pego a caneca e embrulho as torradas em uma folha de papel-toalha. Encaro minha mãe durante alguns segundos, meio decepcionado. Ela nem percebeu que eu ouvi a conversa dela com a dona Tereza. Melhor assim, não sei qual seria a minha reação caso ela viesse falar bosta para mim.

Passo por ela e subo as escadas em direção ao meu canto. A porta do quarto do meu irmão está entreaberta, nada típico dele. Não resisto à tentação e dou uma rápida olhada lá dentro. A cena não pode ser mais chocante. Consigo ver uma cena em que duas mulheres nuas se masturbam na tela do seu computador e meu irmão faz o mesmo. Como ele não tem noção! Minha língua está coçando para dizer algo.

— Vergonha na cara faz bem! — grito e quero mesmo que minha mãe ouça. — Vê se pelo menos fecha a porta, seu otário!

Ele levanta as calças e corre em minha direção, parecendo uma barata tonta. Em seguida, bate a porta na minha cara, fazendo cara feia. Consigo ouvir claramente seus berros nervosos vindos lá de dentro:

— E dedo-duro morre cedo!

Pirralho desgraçado. Minha vontade é entrar naquele quarto e quebrar a cara dele, mas vale mesmo a pena? Depois do discurso homofóbico da minha mãe, só consigo pensar que ela sentiria orgulho de ver o filho mais novo e mimado fazendo algo desse tipo.

Depois daquilo, não tive vontade alguma de sair de dentro do quarto. Criei uma playlist extremamente depressiva e peguei um livro para ler. *A Seleção*, de Kiera Cass. Eu me lembro de ter me apaixonado por este livro desde o primeiro momento em que vi a capa em uma das estantes da livraria, então decidi comprar um exemplar sem nem ler a sinopse. Só após algumas zanzadas na internet percebi que muitas pessoas o consideram um livro para menininhas, aí não pude dar tanta atenção assim para ele. Prefiro degustar essa belezinha aqui, no conforto do meu quarto, onde olhos de pessoas idiotas não podem nos ver.

A tarde passou sem que eu nem percebesse, assim como o livro. Quando me dei conta, estava lendo a última página do romance e já estava quase na hora de ir para a faculdade.

Eu me arrumo apressado, colocando uma calça preta e uma camisa rosa e sigo para a faculdade no velho ônibus barulhento. O trajeto não é muito demorado e a falta de trânsito torna a viagem tranquila. Ao contrário do dia anterior, desta vez o busão está vazio.

A banda Breathe Carolina ecoa dos fones de ouvido e tornam o trajeto mais agradável, longe da típica conversa do transporte público. Graças a todos os deuses, não demora muito para que eu chegue à rua da faculdade. Como sempre, o lugar está cheio de carros e alunos transitando de um lado para o outro, assim como o bar em frente. Esse povo não estuda?

Em apenas um dia já consegui perceber que a verdade sobre a vida universitária não é bem aquela coisa rígida, em que imaginamos alunos determinados dentro das salas de aula. Sempre há como dar uma escapada para ficar no bar, enchendo a cara e jogando conversa fora.

Dou uma olhada rápida no relógio em meu pulso. Ele marca seis horas da tarde. Bom, ainda tenho uma hora até que as aulas comecem, então pego um cigarro do maço quase vazio e o acendo, sentado na calçada. Ali, em um canto meio afastado, entre os carros, atrás de uma barraca de doces, me esqueço de todos os meus problemas, de todas aquelas pessoas estranhas ao meu redor e me foco apenas na calma que estou sentindo. Queria que durasse para sempre.

Mas parece que o destino sempre está conspirando contra nós. No momento em que estou mais calmo e relaxado, o modo aleatório de meu iPod me presenteia com uma música romântica e, de certo modo, deprimente. Não estou no clima para isso, então caço na biblioteca algo que me dê uma animada. As batidas eletrônicas fazem com que eu tenha vontade de dançar. Essa euforia me deixa arrepiado, mas eu não sou louco o suficiente para começar a dançar em público.

Droga! Só agora percebo que a bateria do iPod está passando da metade, preciso reservá-la para o caminho de volta. Desligo a música e termino de fumar meu cigarro tranquilamente.

Sigo em direção ao portão principal. Dou mais uma olhada ao meu redor e vejo que Ingrid se aproxima. Não posso deixar de reparar nela, aquela garota dos cabelos vermelhos como fogo e responsável por boa parte da minha vergonha vivida na noite anterior, andando de um lado para o outro. Ela para quando um garoto de cabelo azul a chama. A conversa deles parece um pouco conturbada e estranha. Atendo à curiosidade e continuo observando.

Algo naquele garoto não me parece estranho. O jeito como ele fala e gesticula me lembra de alguém. Um cara com o modo de se vestir, bem, no mínimo extravagante.

Deixo isso de lado e olho novamente para o relógio. Cacete! A hora passou rápido e faltam apenas cinco minutos para o início da minh aula. Esqueço a cena e ando acelerado em direção ao prédio do curso de Jornalismo.

Subo as escadas correndo feito um louco. Meus pulmões estão prestes a explodir e meu coração ameaça sair pela boca, então, antes de entrar na sala, dou uma parada no banheiro para me recompor. Encaro o grande espelho que fica de frente para a porta e seco o rosto com um pedaço de papel. Em seguida, arrumo a bagunça que se tornou meus cabelos e espirro um pouco de spray refrescante na boca, para eliminar o cheiro e gosto ruins do cigarro.

Enrolo mais alguns minutos no banheiro extremamente limpo e branco, recupero meu fôlego e finalmente decido entrar na sala de aula. Encaro, durante alguns segundos, as minhas opções de lugares. Encontro um vazio no canto esquerdo da sala, quase do lado da janela e atrás de Luana.

Aproveito a oportunidade e me sento atrás da garota, logo puxando papo com ela.

— Oie —digo sorrindo, ansioso por uma resposta. — Conseguiu tirar a porcaria toda que eles passaram na gente?

Luana demora um pouco para olhar para trás, me deixando um pouco desgostoso e pensando se puxar assunto foi a melhor das minhas escolhas. A garota claramente pensa se vale a pena gastar suas palavras comigo. Depois de um vácuo absurdo, Luana decide falar, mas sem virar para me encarar:

— Foi difícil... — Sua voz tímida e suave me chama a atenção, mas não digo nada na esperança de que ela continue falando — ... pra cacete!

Eu me surpreendo ao ouvir as palavras que saem de sua boca. Essa é das minhas!

— Sério, no final o seu cabelo estava tão sujo, que pensei que você ia ter que tirar os *dreads*. — comento animadamente, tentando prolongar o assunto. Até que sou bom nisso, quer dizer, em fazer amizades.

Luana finalmente decide olhar para mim, a timidez desaparecendo aos poucos. A garota sorri, exibindo duas covinhas lindas nos cantos da boca, e eu sorrio de volta. Sem saber o que dizer, ela enrola um dos *dreads* em seu dedo indicador. Não sei, pode até parecer idiotice minha, mas sinto que Luana será uma grande amiga se eu deixar que ela se aproxime — e claro, se ela deixar que eu me aproxime também. Tirando qualquer chance de ouvir a voz de Luana de novo, uma professora baixinha e com cabelos encaracolados entra na sala. Muito animadinha e sorridente pro meu gosto.

Por incrível que pareça, a aula voa. Ana Paula, a mulher-chaveiro, dá um show de simpatia ao explicar como será a matéria Arte e Cultura. Aquilo que no começo parecia ser chato e sem graça, acabou me atraindo bastante. Então, me deixei levar pela simplicidade da professora e acabei me apaixonando pela aula.

Logo que acabamos, me despedi de Luana, meio que querendo puxar mais assunto mas concordando que devo dar tempo ao tempo. Depois, segui correndo até o ponto de ônibus. Apesar do cansaço, consigo me sentir feliz por sobreviver a mais um dia do ensino superior.

14

Soltem os fogos de artifício! Finalmente acabou a primeira semana de aula. Já não aguentava mais toda aquela enrolação de apresentação de matérias abordando isso ou aquilo. Pelo menos algumas coisas boas — e estranhas também — aconteceram.

Luana começou a se abrir mais e acho que estamos no caminho certo para a amizade. Além disso, conheci todos os professores. O que não foi nada legal, porque apesar de Ana e Bruno serem ótimos, gente boa demais, para aguentar o restante deles, só com Jesus na causa. A maioria é um verdadeiro pé no saco.

Fora isso, tudo normal, a não ser por uma questão: Ingrid, do nada, resolveu puxar assunto comigo. E isso significa que ela passou claramente a me cantar. Acho que ela estava louquinha para se aproveitar de toda a minha masculinidade.

Sabe de nada, inocente!

Depois do que ouvi minha mãe falando com tanto preconceito sobre a homossexualidade, as coisas dentro de mim só pioraram. Eu tinha certeza de que não poderia deixar, em momento algum, minha preferência por outros garotos aparecer. Mas como diria à Ingrid que aquela sua investida repentina me incomodava? Sair daquela situação seria complicado.

O que faz com que eu me odeie é o fato de eu poder, sim, expressar tudo que está dentro de mim, mas sou um frouxo que não tem coragem de ser quem realmente é. Já vi coisas tristes demais para deixar esse meu lado aparecer.

Passa das dez da noite, é sabadão, e o que estou fazendo?! Basicamente me mutilando com pensamentos idiotas. Tudo seria tão mais fácil se eu não fosse tão fraco. E o que mais me destrói é que não consigo ser aquilo que desejo, pensando na decepção e na tristeza que causarei às pessoas que amo. Até que ponto vou aguentar viver desse jeito? Não sei responder à minha própria pergunta.

Desconheço quem eu sou, ou quem fui um dia. Só sei que, a cada hora, estou mais próximo do meu limite e não consigo nem pensar no que vai acontecer daqui para frente.

Chega! Grito mentalmente e me levanto da cama. Coloco uma música leve, para dormir, bem baixinho. O som consegue me acalmar, mas será que consegue sanar minha mente em fúria, como ela está hoje?

O sono me abandonou. Acesso o Facebook rapidamente. Duzentas notificações, mais cem mensagens. Como isso é possível?

Ao abrir as notificações, noto que noventa por cento delas são de Bia, Line e Andy. Nem olho. Não estou com muita vontade de responder esse povo hoje. Mas não podia fugir deles para sempre, principalmente do Andy. Talvez conseguisse fingir um pouco que era aquele carinha de meses atrás, comprar algum presente e pronto, tudo estaria resolvido.

Mas será que eu conseguiria?

•••

Acabo dormindo em cima do teclado do notebook sem perceber. Olho para o relógio e já passam das duas horas da tarde!

Droga, droga, droga!

Tenho que ir à livraria buscar um livro. A ideia é que seja ainda pela manhã.

Até quando essas porcarias de pensamentos atrapalharão minha vida? Preciso de uma solução rápida para esses problemas, ou eles acabarão me matando.

Corro para o banheiro e escovo os dentes rapidamente. Agora não adianta nada ter pressa, para falar a verdade. Coloco uma bermuda jeans surrada e uma camiseta antiga do *O Diabo Veste Prada* e desço as escadas correndo.

Chegando à sala eu me deparo com minha mãe, que me fita bastante preocupada.

— Fui no seu quarto hoje cedo e você estava dormindo em cima do computador — ela comenta.

— É... Eu estava com um trabalho da faculdade atrasado.

Minha mãe me encara, em dúvida. O que está acontecendo?

— A Beatriz ligou aqui três vezes hoje — Ela pigarreia para limpar a garganta. — Queria falar com você, mas como estava fora do ar, acabou falando comigo mesmo.

Seus cabelos loiros estão presos em um coque no alto da cabeça e ela está arrumada demais para ficar em casa. Não consigo imaginar o que Bia queria tanto falar comigo e que acabou contando para minha mãe, mas logo tenho minha resposta.

— Ela disse que tem alguma coisa acontecendo com você. — Sinto que a chamada "preocupação materna" vai surgir na conversa. Quer dizer que agora ela se preocupa comigo? — Disse pra eu ajudar. Você não está usando drogas, está?

Eu esperava tudo de Bia, mas nada tão baixo. Cadela!

Aceno com a cabeça para minha mãe, indicando que não. Ela chegou ao ponto de perguntar se estou usando drogas. Isso me revolta, me deixa sem chão. Será que ela acha que me conhece? Mas o que eu podia esperar, se nem eu mesmo me conheço?

Quando dou por mim, minha mãe já está saindo pela porta, o assunto encerrado como se nunca houvesse existido.

— Querido, se cuida! Estou indo para a casa da sua avó.

Vai tarde, penso, magoado.

Por um momento, tenho ódio daquilo que eu sou, da situação em que vivo. Desejo me punir, enfiar as unhas na carne, me rasgar até que surja um novo eu, aquilo que os outros esperam de mim. Mas sei que isso nunca irá acontecer. Portanto, só me resta tentar entender o que eu sou. E viver com o que eu tenho.

Já passei daquela fase em que não entendia o motivo de gostar de outros garotos. O que não entendo é o motivo de precisar esconder isso, o de viver em um lugar onde isso é considerado uma aberração, onde sua mãe condena algo que nem conhece.

Estou destruído? Talvez. Mas preciso encontrar um jeito de me dar bem, de ser quem sou e, ao mesmo tempo, quem eu gostaria de ser. Um jeito de acabar com esse amor e ódio dentro de mim quando o assunto é ser homossexual, e me ver livre dessas expectativas que me fazem sufocar.

Nunca quis tanto que um final de semana acabasse. Quero a maldita segunda-feira que todos odeiam, quero estar nos corredores lotados da faculdade. Estranhamente, quero encontrar Ingrid, quero saber mais sobre o que ela está sentindo e o porquê de ela estar agindo daquela maneira. E talvez, só talvez, me apaixonar por ela e ser aquilo que o mundo espera. Talvez Ingrid me cure, me ajude a descobrir quem eu realmente sou. Talvez assim eu posso sentir que existo.

15

TODOS NÓS TEMOS MOMENTOS QUE DEFINEM
QUEM SOMOS.
TODOS NÓS SOMOS FEITOS POR MOMENTOS.
MOMENTOS, MOMENTOS, MOMENTOS, MOMENTOS...
NÃO ME ORGULHO DE MUITOS MOMENTOSDE MINHA VIDA,
NÃO ME ENVERGONHO DE NENHUM DELES.
NÃO, NÃO ME SINTO COMPLETO.
ME SINTO VAZIO, ME SINTO FALSO, EU SOU FALSO.
JUVENTUDE, ALGO BELO E ASSUSTADOR.
COMO POSSO ME SENTIR COMPLETO E VERDADEIRO,
SE SOU TÃO JOVEM?
SOU TÃO JOVEM, TÃO JOVEM, QUE CHEGO
A PENSAR QUE NÃO VIVI TODOS OS MOMENTOS...
TODOS AQUELES MOMENTOS QUE DEFINIRIAM
QUEM EU REALMENTE SOU.

Por enquanto, a melhor maneira que eu tenho de colocar os meus sentimentos para fora é escrevendo. Estou em um parque, aqui perto de casa, e dia está radiante, com poucas nuvens brancas pontilhando o céu azul.

Não sei explicar muito bem, mas sempre me sinto melhor redigindo coisas ao ar livre, especialmente quando o dia está bonito, como o de hoje. Escrever este poema, por exemplo, me ajudou a esquecer um pouco dos meus últimos dias.

Cheguei cedo à praça e agora já passam das duas da tarde. Me desconectei do mundo ao meu redor. O tempo passou e não percebi. Sequer notei o bendito celular tocar. Olho para a tela e noto as trinta chamadas perdidas de Bia. Há quanto tempo que não nos falamos mesmo? Já faz quase um mês que estou na faculdade e, neste período, não havia falado nem com ela, nem com os outros.

Meu celular começa a tocar novamente. Dessa vez, eu atendo e me deparo com uma Bia furiosa, provavelmente vermelha de ódio.

— Pra que você tem celular? — Sou obrigado afastar o aparelho do ouvido esquerdo por causa da gritaria. — Tô tentando falar com você há uma hora! UMA MERDA DE HORA!

Engulo em seco e respiro fundo. Não sei o que responder. Como assumir que esses tipos de atitudes dela não me dão saudades? Que isso me faz mais mal que bem?

— É o seguinte — ela faz uma pausa para respirar antes de continuar —, você entrou nessa porcaria de faculdade e eu entendo que tem que se dedicar. Eu e os outros não tivemos a mesma sorte que você, mas nem por isso tem que nos trocar por um bando de gente que conheceu agora, sua bichinha enrustida.

Agora babou! Quem ela pensa que é pra falar desse jeito comigo?!

Além daquele ciumezinho infantil e sem motivo, a rapariga ainda acha que pode me xingar assim, de graça? Eu sei que Bia gosta de ter toda a atenção para si, mas nunca imaginei que ela chegaria a este nível.

— Eu não troquei vocês por ninguém! — Sei que ela não pode me ver, mesmo assim faço uma expressão confusa e engraçada, fingindo não ter ouvido seu xingamento.

— Como não?! — Escuto risadas ao fundo. — Você nunca mais me ligou, seu filho de uma puta. Só pode ter macho no meio, só pode!

Bia e os outros sempre souberam que eu não era o tipo que combinava passeios e bagunças, por isso não entendo este ataque. Além disso, não arrumei tantas amizades na faculdade como ela pensava. Luana é a única com a qual eu tenho uma amizade verdadeira. Gustavo me ignora desde o trote por motivos óbvios e nem me importo com isso. Afinal, nunca gostei muito dele. Por isso, só estou tentando entender de que lugar no inferno surgiu essa história de macho. Com que direito ela me julga desta forma?

Penso durante alguns longos e desesperadores segundos se devo retrucar na mesma altura, mas acabo deixando tudo isso pra lá.

— Beatriz, eu não tenho nada pra dizer.

— Ahhhhh, Daniel! Você tem muito a dizer, eu sei que tem. — Ela está tão histérica, que chega a rir por isso. — Mas nós não queremos escutar nada das suas desculpas esfarrapadas. Você sempre foi assim, um veado inseguro de merda. — A ligação ficou totalmente muda durante alguns instantes. — Mas agora é o seguinte — ela resolve dar a sua tacada final — quero que você se foda! E na hora que você perceber o que está perdendo, vai ser tarde pra voltar atrás.

Tum...Tum...Tum... Ela desligou o telefone na minha cara!

Então é isso: ela quer que eu me foda, certo? Será que ela não percebeu que eu nunca precisei de ninguém? Quero que ela se exploda! Decido ficar mais um tempo na praça, apenas escutando música e olhando para o nada, a fim de acalmar os meus ânimos. O dia está tão bonito para ser desperdiçado dentro do quarto, e voltar para casa e olhar para a cara da minha mãe está fora de cogitação.

Rabisco círculos numa folha do caderno. Apenas rabiscar algo sem sentido me faz bem. Consigo dissipar raiva, dor e até mesmo amor que estão prestes a me sufocar. As coisas ficam complicadas quando me pego escrevendo o nome de Bernardo. Não entendo como isso foi acontecer, já que eu vi o cara apenas uma vez e sequer peguei o seu celular.

Arranco a página do caderno e pego o isqueiro dentro da bolsa. Acendo um cigarro de menta e seguro a página arrancada na ponta dos dedos. O isqueiro ainda está aceso e sinto certo receio em queimar o papel, mas queimo assim mesmo. Aos poucos o cheiro de queimado se junta ao cheiro mentolado do cigarro.

As cinzas voam pelo ar, o fogo queima vagarosamente aqueles estranhos riscos e palavras, assim como a pessoa que sou e tento arrumar coragem todos os dias para mudar. Coloco o poema no fogo também. Não quero mais ser aquela pessoa indecisa de momentos atrás, de anos atrás, que sorri mesmo em meio às maiores ofensas. Bia foi o estopim para que algo estranho e obscuro despertasse dentro de mim. Algo que eu gosto, capaz de ferir.

A partir de agora não vou ligar para mais nada ou ninguém, apenas para mim. O que antes havia, desapareceu de mim. O que importa agora sou eu. E somente eu.

Neste momento, uma ideia surge como uma faísca acesa em um monte de palha. A ideia se incendeia, pronta a acabar com tudo. Primeiro, darei a Ingrid o que ela quer, e me beneficiarei disso. Cansei de ser usado pelas pessoas, passarei a usá-las em meu benefício, para dar força às minhas próprias verdades inventadas. Pessoas como Bia serão parte do passado. Sempre soube que, apesar de a amizade existir, ela se aproveita de mim, assim como os outros. Eu sou o inteligente do grupo, o popular, aquele que todo mundo quer conhecer, e vive carente da atenção de pessoas como ela. Então, acho que não há mal algum em me aproveitar de algumas pessoas também, não é?

Se posso ter sido popular na escola por ser bonito e jogar futebol, também posso ser conhecido na faculdade e ainda ter a garota mais cobiçada de lá como namorada. Não era nada demais, somente mais um papel a ser protagonizado.

Hoje não irei assistir à aula. Passarei meu tempo no bar e entenderei um pouco mais sobre como aquela faculdade e os seus alunos funcionam. Só assim poderei ser quem eu quero, o garoto forte que consegue tudo.

Dizem que as pessoas são feitas de momentos. Então culpo os meus por me tornar o monstro que despertava ali, naquele instante. Chegou a hora de conquistar as pessoas pela medo e coação. Deixei que provem a minha mágoa na mesma moeda em que fui pago.

Estou cansado, de verdade, de ser esse garoto perfeitinho, que faz tudo para o bem das pessoas. Agora quero mais é me beneficiar, mesmo que isso algo que vai contra o meu eu mais profundo, o meu eu verdadeiro. Afinal, os mais fortes são os que sobrevivem, não é?

16

A temperatura havia caído levemente à noite e, como decidi ir da praça direto para a faculdade, o vento começou a me incomodar um pouco. Quem mandou eu vir para a aula de bermuda e camiseta regata... Mas tudo bem, nada que uma dose de tequila não resolva.

O bar em frente à faculdade nunca está vazio, principalmente numa sexta-feira, ele está mais lotado que o normal. Algumas das pessoas que estão lá provavelmente passaram a tarde inteira enchendo a cara e a essa altura do campeonato já nem sabem diferenciar periquito de papagaio.

A música eletrônica ressoa por toda a rua, dando um ar animado ao local. Um grupo de garotas está em um canto mais afastado do bar, fumando algo que parece ser um cigarro, mas duvido que seja. Reprimo uma risada ao vê-las dançar de um jeito estranho e logo vou para dentro do bar.

As mesas interiores estão incrivelmente vazias, a maioria das pessoas está de pé, conversando ou dançando. Vou até o balcão e a atendente me encara com uma expressão estranha, tentando lembrar se já me conhece. Para a minha sorte, não.

— Quero uma dose de tequila e uma cerveja. — peço.

Ela vai até as geladeiras atrás do balcão, retirando de lá uma garrafa verde com uma camada esbranquiçada de gelo cobrindo a superfície. Apesar da cara de sonsa da garota, ela fez tudo isso muito rápido e me entrega o copo com tequila e a garrafa de cerveja em questão de segundos.

— Quinze reais! — Ela diz, sorridente.

Entrego uma nota de vinte reais para ela, mas não espero pelo troco.

Sigo para uma das mesas perto das caixas de som. Me sento e coloco o copo de tequila ao lado das fatias de limão e do sal. Fico ali, encarando as bebidas durante alguns instantes.

Eu mudei, não mudei? Então está na hora de me tornar um pouco determinado também!

Coloco o conteúdo de um pacotinho de sal sob a língua e espremo as duas fatias de limão dentro do copo. É agora ou nunca!

Viro o copo de uma só vez e tenho a sensação de que um incêndio está tomando minha garganta. Balanço a cabeça algumas vezes, dizem que isso faz com que o efeito da tequila fique mais poderoso. Fecho os olhos e respiro fundo.

Porra, preciso refrescar minha garganta.

Eu me sirvo de um copo de cerveja e deixo que ela faça seu trabalho. Por mais que a breja refrigere tudo, não consegue vencer o calor estonteante da bendita tequila. Sinto uma pequena gota gelada de suor descer pelo lado esquerdo meu rosto, pingando em seguida na mesa. Odeio esse grude do suor, de verdade. Dou uma olhada em volta e percebo que ninguém está me olhando. Então, pego uma folha de guardanapo e seco o rosto.

Volto a encarar o copo de cerveja, suas borbulhas me chamando, e desta vez a saboreio sem pressa. Sinto seu gosto levemente amargo e refrescante, acompanhado de uma tontura deliciosa. Começo a rir à toa.

Tomo o último gole da bebida, apreciando ao máximo seu gosto. Depois de um tempinho, penso em me levantar para pegar outra, mas sou impedido por uma mão quente e macia em meu braço. Olho de soslaio para a pessoa e vejo primeiro seus cabelos vermelhos, depois os pequenos lábios e, só então, a sua face.

— Ingrid. — digo, meio sem jeito.

— Senta, gostosão! — A garota me empurra de volta para a cadeira, como se tivesse alguma autoridade sobre mim. Mesmo assim, faço o que ela pediu. Ela se senta ao meu lado e, para a minha surpresa, coloca mais duas garrafas de cerveja na mesa.

— Oi para você também! — digo rindo, um pouco menos apreensivo.

Posso notar o esboço de um sorriso se formando em seu rosto. O típico batom vermelho continua ali e algo me diz que ela nunca trocará de cor. E, para falar a verdade, o vermelho fica bem para ela, acho que qualquer outra cor a deixaria sem brilho, nada sensual.

— Vamos beber que hoje a noite é uma criança. — Ingrid diz, entusiasmada e destemida.

As coisas realmente estão ao meu favor. Tudo que eu preciso fazer é entrar no jogo dela e, modéstia à parte, sou um bom jogador.

— Sabe, eu tenho aula! — lembro, fingindo preocupação. Ela me encara com uma daquelas expressões de quem não está dando a mínima. Então, tento mudar de assunto. — Mas, e aí, o que você conta de bom?

Tudo bem que essa não é a melhor maneira de começar uma conversa, principalmente com uma garota que pode se tornar algo mais para me salvar da vergonha de ser gay. Que se dane, sou péssimo com flertes mesmo.

Ingrid enche nossos copos e começa a beber a sua cerveja, sem responder a minha pergunta. Tento colocar minha melhor expressão sedutora no rosto, intimando-a a me responder. Aquele maldito sorriso está lá e algo me diz que, assim como eu, ela trama algo. Acabo com o copo de cerveja em um só gole e o encho novamente.

— Nada de bom acontece na sua vida, Ingrid? — pergunto a ela, repousando a garrafa vazia sobre a mesa de madeira envernizada.

Ela ri novamente e dá mais um gole generoso em seu copo. Posso ver que a expressão de seu rosto mudou para algo mais sombrio e misterioso, algo que me atrai.

— Minha vida é uma montanha-russa de coisas boas, Daniel. — Ingrid responde com seus olhos brilhando. — Sou aquele tipo de pessoa que você nunca verá de cara fechada, que gosta de curtir todas as coisas boas que a vida tem para oferecer e tirar proveito até das situações ruins.

Enquanto ela diz isso, sua mão desliza pela minha perna debaixo da mesa. Consigo entender exatamente o que ela quer dizer com aquelas palavras.

Não sinto prazer algum deixando que ela passe sua mão em mim, simplesmente não sinto nada, apenas o movimento carinhoso. O fato é que, de acordo com os meus planos, o que eu sinto não tem a mínima importância.

Ingrid enche meu copo mais uma vez. Se ela está tentando me embebedar, posso dizer que está falhando. Não é algo muito fácil eu ficar bêbado apenas com cerveja.

— Legal, gosto de pessoas assim, que sabem o que é bom — comento com um tom falso na voz.

— Será que você é uma dessas pessoas, Daniel?

Meu rosto fica vermelho durante alguns segundos.

— Primeiro, não me chama de Daniel não, por favor. — sorrio. — Pode me chamar de Dan. Segundo, sou muito mais que isso e acho que você poderia ficar surpresa em descobrir o quanto.

Tento fazer uma cara de safado, com segundas intenções. Pelo visto funcionou, pois Ingrid retribui a expressão e aperta minha perna com mais força.

Ela está chegando a uma área perigosa. Sua mão vai subindo vagarosa e delicadamente por minha coxa, cada vez mais próxima de minha virilha. Eu estaria mentindo se dissesse que estou gostando de toda a situação, uma sensação de desconforto se apodera de meu corpo conforme ela desliza a mão por cima da minha bermuda. Tento mascarar a sensação de nojo que estou sentindo. Não está sendo nada fácil ter uma garota praticamente desconhecida tocando em mim desse jeito.

Se antes eu tinha dúvidas de que Ingrid era uma vagabunda, neste momento pude ter certeza.

Eu nem mesmo posso culpá-la pela atitude, já que eu dei abertura para que ela se soltasse dessa maneira. O único errado aqui sou eu. Eu, o garoto que não sabe o que quer da vida, mas, ao mesmo tempo, quer se esconder. Na verdade, o sem caráter, o sem pudor, sou eu.

Ela já foi longe demais, mas eu não posso interrompê-la agora que o meu plano está funcionando. Eu quero tirar o maior proveito possível desta situação, por mais constrangedora que seja.

Coloco minha mão em cima da de Ingrid e a aperto levemente. Ela está com aquele olhar safado no rosto, indicando que quer algo mais do que apenas passar a mão no que tem dentro da minha bermuda.

Ingrid se aproxima de mim calmamente, colocando sua outra mão no meu rosto com a barba por fazer. Eu a encaro com uma expressão confusa e interessada. A boca de Ingrid está cada vez mais próxima da minha, os lábios cor de cereja madura exalam o álcool que ela havia ingerido. Ela provavelmente sente o mesmo cheiro vindo de mim, então estamos quites. Faço o mesmo que ela e aproximo meu rosto do seu, nossas bocas quase se tocando. Ficamos nesse impasse durante alguns minutos, indecisos sobre continuar com aquilo, mas Ingrid dá o primeiro passo e me beija.

Sinto o gosto de seu brilho labial misturado ao álcool em meio a beijos suaves. A boca de Ingrid é delicada, ansiando para que eu retribua seu beijo com a mesma intensidade. A única coisa que eu tenho certeza é de que bocas são todas iguais, sendo elas femininas ou masculinas, por isso decido retribuir o seu beijo, por mais que não esteja sentindo prazer nisso. A garota se torna uma tempestade, seus beijos ferozes e quentes me dariam prazer, se eu fosse um cara normal. Não gosto nem um pouco de Ingrid ou de qualquer outra mulher, a prova disso é como havia me sentido com Andy na nossa festa de despedida. Eu só estou fazendo isso para esconder quem sou de verdade. Então continuo beijando Ingrid, dando o meu melhor para que as coisas pareçam reais.

Ingrid é muito bonita, uma das garotas mais cobiçadas da faculdade, ela é o escudo perfeito para a minha frágil máscara. Repouso minha mão em sua nádega esquerda, aperdando-a levemente. É nesse momento que escuto uma cadeira se arrastando ao lado de nossa mesa. Ingrid e eu paramos de nos beijar rapidamente e olhamos para o lugar em que a cadeira fora tirada do lugar. O garoto de cabelos azuis, ele está aqui! Do meu lado!

— Oi Ingrid! — Ele diz, se sentando em seguida. — Tô atrapalhando alguma coisa?

Quando ele se sentou, consegui ver seu rosto. É Bernardo. É ele! Mas como? Não pode ser! O que ele está fazendo aqui? Sinto meu mundo se desfazer aos poucos e sou tomado por uma sensação horrível de vergonha e incerteza.

Bernardo está aqui, diante de mim. Aquele Bernardo que eu nunca mais pensei que veria em minha vida. Ele está aqui e seu olhar demonstra decepção e algo mais, algo parecido com nojo. Como meus planos irão sobreviver diante de um coração partido?

17

A situação constrangedora continua pelo o que parece uma eternidade, pelo menos para mim. Ingrid está muda desde que Bernardo se sentou conosco.

É meio impossível não notar que, apesar de amigos, existe uma boa rixa entre os dois. Não sei o motivo e não me interessa. Afinal, pouco conheço qualquer um deles.

O clima pesado está me fazendo mal, me deixando constrangido. Decido quebrar o gelo quando percebo a tristeza estampada no rosto de Bernardo. Só conversamos naquela vez em que fui ao MASP, mas um sentimento de culpa e vergonha toma conta de mim gradativamente e, pela primeira vez em toda minha vida, sinto uma conexão, de certa forma real, com alguém.

— Oi, meu nome é Daniel. — Pisco para ele, indicando que siga com o jogo.

A tristeza abandonara seu rosto. Agora a única coisa estampada em sua face é a confusão e, talvez, a decepção por estar numa situação deste tipo.

— Bernardo.

Seu tom de voz triste me destrói por dentro. Não estou entendendo por que me sinto desse jeito, por que dói tanto ver Bernardo diante de mim quando eu estou com Ingrid. — Pega um copo, Ben! — Ingrid diz, radiante, como se nada estivesse acontecendo.

As coisas acabam sendo menos complicadas assim. Ainda bem que ela não percebeu que eu e Bernardo — ou Ben, como ela o chamou — nos conhecíamos.

Bernardo levantou e foi até o balcão do bar. Aproveito sua ausência e me viro para encarar Ingrid.

— Quem é ele? — pergunto, com receio.

— Seu veterano. — Ela pigarreia. — Ele é da minha sala, a bicha mais babado da faculdade.

A descontração em sua voz só confirmou que ela não havia percebido nada. E também o fato de que eles são amigos. Estou em uma saia pra lá de justa neste momento. Sair dela será difícil se eu não for um bom mentiroso.

Bernardo volta para a mesa com mais duas garrafas de cerveja e enche nossos copos. Dou um longo gole e, em seguida, me inclino para perto de Ingrid. Ela entende bem o recado e me beija novamente, com ainda mais intensidade do que antes. Nossas línguas brincam uma com a outra, enquanto nossos lábios se devoram intensamente.

Somos interrompidos mais uma vez por Bernardo, que bufou, de um jeito inquieto.

— Vocês não estão mais sozinhos, ok? — Afiado como uma faca, seu olhar pousou sobre mim.

Ingrid apenas ri. Além de tudo, é boba. Espero alguns momentos e a encaro.

— Vou ali fora fumar um cigarro — aviso, já me levantando. Em seguida pego o copo de cerveja e saio do bar.

O ar gelado do lado de fora estapeia meu rosto e arranha meus braços, fazendo com que os meus raros pelos dourados se arrepiem. Alguns grupos conversam por ali, enquanto outros jogam truco e bebem os mais variados tipos de coisas. Vou para um canto mais afastado da rua e me viro de costas para o bar. Pego o maço de cigarros no bolso e acendo um de menta. Fico fora do ar e esqueço de tudo ao meu redor durante alguns instantes. É como se nada houvesse acontecido dentro do bar, como se Bernardo nem existisse. Acho que nunca entenderei o motivo de ele mexer tanto comigo, de me deixar sem chão. Eu não o conheço, não de verdade, e nem quero deixar que ele estrague a minha vida desse jeito. Não mesmo.

— Como você pode ser tão ridículo?! — Uma voz já conhecida me despertou dos meus devaneios.

O comentário foi seguido de uma risada sarcástica e claramente falsa. Bernardo. Sinto uma vontade louca de socá-lo, mas também tenho vontade de fazer coisas que podem acabar com tudo que eu tanto lutei para manter.

Inspiro profundamente e me viro para ele. Seu cabelo está bagunçado, uma mecha azul tampando seu olho esquerdo. O corpo, mais definido, se destaca na camiseta regata branca e apertada. Seus braços nus estão maiores e mais bronzeados, seu peitoral, estufado e a barriga, praticamente invisível. Bernardo percebe que eu estava o despindo com os olhos e ri novamente.

— Você é um hipócrita!

Se eu estivesse de frente para um espelho, certamente veria o quanto estou sem graça. Quero socá-lo, quero quebrar a cara daquele filho da puta, quero beijá-lo até que engula tudo que está falando! Mas não consigo nem me defender, quanto mais tomar uma atitude decisiva.

— Eu vi o que você fez com o Gustavo no dia do trote. — Ele diz, ainda rindo. — Vi também o jeito como você se comporta aqui. Você é tosco a ponto de ficar se escondendo. Não aprendeu nada com a vida. Tenho pena de você. — Ele faz uma pausa, mas não me dá o tempo de retrucar. — Eu pensei que nunca mais veria você desde aquele dia, Daniel. — A tristeza retorna ao seu rosto. — Aqui estamos, na mesma faculdade e no mesmo curso. Não conheci você como eu queria quando nos encontramos pela primeira vez, mas acho que foi melhor assim, já que eu não fazia ideia do tipo de pessoa que você é.

Não estou a fim de ter esse tipo de conversa com ele, ali. Então, me afasto aos poucos, deixando-o sozinho. Escuto os passos atrás de mim e não tenho ideia do que fazer nesse momento. Essa atitude de Bernardo só faz com que aquele sentimento estranho, meu monstro interior, tome conta de mim, liberando coisas que eu não conheço e nem desejo conhecer. Ele continua me perseguindo, incansável, esbravejando.

— Você é um covarde, uma bicha do pior tipo! — ele grita como se sua vida dependesse disso. Então, percebo que, assim como eu, ele não havia passado nenhum dia sem pensar naquele rápido encontro que tivemos.

Não acredito nessa baboseira chamada destino, mas, ao ver que Bernardo provavelmente sente algo semelhante ao que eu sinto, não há explicação melhor. Eu gosto dele e ele também de mim. Ver que estudamos no mesmo lugar e que eu estou me passando por outra pessoa o deixou abalado. O que eu posso fazer? Não tenho certeza.

— Filho da puta! — ele grita.

Bernardo tem fúria e confusão misturadas em seu rosto. Algo faz com que eu preste mais atenção nele, tentando descobrir o que se passa em sua mente.

— Você é o cara que nos deixa envergonhados, sabia? — Ele está mesmo revoltado. — É por existir pessoas como você, que se escondem atrás de uma máscara, que o mundo tá desse jeito!

Vou até Bernardo e repouso meu dedo indicador em seus lábios.

— Cala a boca! — digo, um pouco mais agressivo do que esperava.

— Quem você pensa que é para me mandar calar a boca? Você nem me conhece! — Ele assume uma postura mais máscula neste momento e se aproxima de mim. — Eu só calo a boca de um jeito e você vai ter que descobrir sozinho, tapado!

Não preciso de muito para entender seu recado, não mesmo!

No calor do momento, só consigo fazer o que ele está pedindo. Nossas bocas se grudam, esfomeadas, um furacão de emoções se forma entre nós. Enquanto me beija, cheio de dor e desejo, Bernardo esmurra minhas costas e eu o deixo fazer isso, porque eu mereço. Sou um completo idiota e ele também, por gostar de mim.

A intensidade dos lábios que se fundem suga todo o meu ar. Sinto como se estivesse de pé sob uma fogueira, conforme a boca de Bernardo me devora. Seus socos cessam, por fim, e suas mãos agora envolvem meu pescoço, como se eu fosse seu único apoio neste momento.

Como chuva de verão, Bernardo me empurra para longe, de forma brusca e agressiva, assim como fiz com Gustavo. Fico sem reação no momento, sem saber o que fazer ou dizer. Eu acabava de provar do meu próprio veneno.

— Isso é pra você aprender! — Ele sorri, com tanta raiva nos olhos que eu me afasto instintivamente. — Você gosta de usar as pessoas, não gosta? Diz agora, ainda gosta da sensação?

Não posso responder à sua pergunta. Algo me diz que Bernardo está se ferindo, ao mesmo tempo em que me fere com suas palavras.

Ele não fala mais nada, apenas sai andando, triunfante, até o bar.

Como pude deixar isso acontecer? Como eu sou idiota!

Raiva. É a raiva que eu sinto neste momento que está me fazendo rir como um louco, misturando minha voz às lágrimas que insisto em conter. Coitada da parede que está atrás de mim, pois me viro para ela e dou o soco mais forte que posso.

A dor pungente em minha mão direita me faz parar. Um líquido espesso e quente escorre por entre meus dedos, fazendo eu me sentir ainda mais idiota. Caí na dele, fui tolo o suficiente em acreditar que ele poderia sentir algo por essa criatura perdida que eu era. Sigo para o bar com apenas uma certeza: agora, mais do que nunca, minha máscara deve permanecer em meu rosto. E, se for possível, nunca mais irei retirá-la.

18

Volto ao bar com a minha melhor expressão de esnobe no rosto. Não sei por que, mas me sinto triunfante, o vencedor da porra toda, alguém que sobreviveu à tentação e à ruína de gostar de alguém.

Encaro a mesa em que Ingrid e Bernardo estão sentados e ambos me olham com expressões estranhas. Não entendi o motivo à primeira vista, mas sei que não quero descobrir. Sigo para a cadeira vaga ao lado da garota ruiva e me sento novamente, colocando minha mão direita sobre sua coxa, acariciando-a.

A garota, sem entender muita coisa, se vira para mim e pergunta:

— O que aconteceu? — Seu tom preocupado me assusta. Então me viro para Bernardo, que está sorrindo feito um bobo da corte. — Seu rosto tá mega vermelho, queridinho!

Tento disfarçar, mas sorrio do seu comentário.

— Nada não. — ainda estou sorrindo de orelha a orelha. — Só queria beijar mais um pouco essa sua boca maravilhosa!

Não espero sua ação e me inclino em direção a ela, colando meus lábios nos seus.

O gosto adocicado de seu brilho labial toma conta de mim, provocando uma sensação angustiante e claustrofóbica em meu peito.

Sinto que meu corpo se contrai, trancafiando e sufocando tudo o que eu poderia ser. Não consigo aguentar tudo isso, essa sem-vergonhice falsificada e desmedida me faz mal, rasga cada pedaço de mim.

Mas vou em frente, não posso desistir, preciso continuar. Intensifico meus beijos, deixando-a sem fôlego algum. Abro meus olhos e me deparo com sua felicidade, o prazer de estar em meus braços. Apesar de estar feliz pra cacete com o sucesso do meu plano, não consigo evitar desviar meus olhos para Bernardo. Tenho a impressão de que a qualquer momento ele se levantará de seu lugar e acabará comigo. Esconder o meu verdadeiro eu, mesmo que seja magoando o coração de alguém, é mais forte que a minha dor e arrependimento.

Alguns minutos depois, ouço o garoto enfurecido levantar. Ele nos deixa sozinhos para eu continuar a palhaçada que comecei.

Perco totalmente a noção do tempo, mas sei que estou cansado de fingir estar gostando dos lábios de Ingrid colados aos meus. Afasto-a de mim da maneira mais calma possível. Ela me encara, tristonha e ofegante, mas não comenta nada.

Encaro o relógio em meu pulso, ainda está cedo, só que não quero mais perder meu tempo nessa porra de bar idiota, beijando uma garota tão infeliz quanto eu. Sem conseguir me controlar, me levanto bruscamente e pego a minha bolsa. Eu me despeço com um aceno! Ela me encara sem entender, mas não fala nada. Saio dali com vontade de nunca mais voltar. Que diabos estou fazendo com a desgraça da minha vida?

19

Depois de ter caído na cilada de Bernardo e ter criado uma situação tão ridícula com Ingrid, dentro de mim só resta a confusão. Ainda estou tentando me acostumar com o fato de que o beijei, e de que é o gosto dele que quero manter na minha boca, por mais que tenha beijado a ruiva.

Eu me sinto um babaca por usar as pessoas assim, mas sou bundão demais para recuar. Queria que tudo desse certo e, ao mesmo tempo, que Bernardo não me achasse um tosco por isso.

Meu maior medo é meu mundo ruir quando as pessoas descobrirem que sou gay, se quebrar em cacos tão pequenos que será impossível de consertar. É o que eu não quero. Preciso continuar vivendo como antes, sendo o filho feliz, educado e estudioso, sempre seguindo os padrões que não só a minha família, mas todos que convivem comigo, esperam de mim.

Estou quase chegando em casa, por isso é melhor pensar em outra coisa, vestir a fantasia de garoto exemplar. O álcool ainda corre pelas minhas veias no momento em que cruzo o portão de entrada. Está escuro e, estranhamente, as luzes dos pequenos postes do nosso quintal gramado estão desligadas. Mal consigo enxergar por onde piso e quase tropeço ao abrir a porta da frente, fazendo barulho.

Passo pela sala vazia e pouco iluminada e subo as escadas em direção ao quarto. Penso que todos devem estar dormindo, por isso dou o meu máximo para caminhar silenciosamente, sem esbarrar em mais nada.

Ao me aproximar de meu quarto, noto que a porta está aberta, com a luz acesa. Caminho vagarosamente até o interior, ligeiramente tonto. Assim que entro, sou surpreendido por Bia, Line e Andy, que estão sentados em minha cama, como se isso fosse algo extremamente natural.

Tento raciocinar em quem deixaria eles entrarem no meu quarto, àquela hora, como se ali fosse o quarto deles. Tudo bem que eles são meus "amigos" desde que eu possa me lembrar, mas as coisas não andam tão boas assim entre a gente para que invadam meu espaço desta maneira. Encaro o grupo durante alguns instantes, contando até dez repetidas vezes em minha mente conturbada e inebriada pelo álcool.

— Senta — diz Bia, no tom mandão de sempre.

Não consigo entender essa garota. Já não bastava ela ter gritado comigo pelo telefone? Bia me humilhou apenas uma vez, eu não deixaria que aquilo se repetisse.

— E quem é você para entrar no meu quarto e ainda me obrigar a sentar? — Olho para ela com raiva estampada no rosto. Quero gritar feito um louco com ela, mas preciso manter a classe.

Amizade é uma coisa que tem limites e Bia conseguiu romper todos eles. Ela não tem direito de dizer o que eu devo ou não fazer.

— Se você não vai sentar, vai ter que escutar de pé mesmo. — É a voz forte de Andy que inunda meus ouvidos.

É engraçado ver que Bia chegou a este nível, manipulando meus amigos para ter o controle de volta para si. Não entendo qual é a de Andy e Line, por que eles permitem serem manipulados tão facilmente.

— PAREM! — grito, sem pensar.

— Não, Daniel. Não vamos parar — diz Bia, rindo. — Você virou as costas para nós. Isso não é legal, mas tudo bem. O que realmente me incomoda é que fomos usados por você esse tempo todo.

Como assim, eles foram usados por mim?

— Você usou a gente pra se esconder de todo mundo, pra continuar sendo o popular. — Andy pigarreia e em seguida pisca para mim, os olhos cheios de ressentimento. — Mas agora que você não precisa mais, vira as costas.

O duro é que, no fundo, ele tem razão. A amizade deles me foi conveniente quando eu estava no colegial. Mas eles não entendem que não virei as costas para ninguém, eu apenas mudei de rotina e não tenho mais o tempo de antigamente.

— O que vocês não entendem é que eu sou uma pessoa diferente agora. — Faço uma pausa para respirar. — Tenho outras obrigações. Não posso me dar ao luxo de ligar para cada um de vocês a cada vez que vou ao banheiro.

Meu tom de voz vai aumentando aos poucos, sem que eu perceba. O fato de ninguém ter vindo ao meu quarto verificar o que está acontecendo é o indicador de que minha família havia saído.

— Ainda não entendi por que vocês me chamaram pra vir aqui — diz Line, com sua voz tipicamente entediada.

— Então fica quieta no seu canto! — esbraveja Bia.

— Bom, já entendemos que você não quer saber da gente — Andy comenta, um sorriso sem graça no rosto. Parece que ele está aqui por obrigação. — Mas você precisa saber que, tudo o que aconteceu naquela festa de despedida, no ano passado, foi planejado por ela. — Ele aponta o dedo indicador para Bia e em seguida tira uma mecha negra de seu rosto. — Eu só beijei você porque a gente queria saber, de verdade, qual era a sua.

O quê? Não consigo acreditar no que estou ouvindo.

Eles ainda querem que eu os cerque de atenção? E pensar que havia considerado aqueles trouxas como meus melhores amigos durante anos.

— A gente já desconfiava, Daniel. — Bia aposta. — Mas você nunca foi homem o suficiente pra se assumir... Pelo menos pra gente!

Sinto meu rosto esquentando. A raiva se mistura ao álcool e essa combinação nunca resulta em coisas boas. Estou me segurando para não partir para cima de Bia. Não posso bater nela, mas eu quero. Quero muito deixar pelo menos uma marca em seu rosto bonito e infantil.

Além da raiva e da indignação, a decepção aflora em mim. Não consigo acreditar que Andy entrou no jogo de Bia.

— Eu quase contei para sua mãe hoje, mas ela estava de saída. — Bia ri. Até que ponto ela pode ser uma vaca descontrolada?

As mulheres me decepcionam cada vez mais. Principalmente as do tipo dela, manipuladoras que jogam sujo quando não conseguem algo.

Sempre soube que Bia sente desejo por mim, mas nunca dei bola. As mulheres não chamam minha atenção. Namorei com garotas, sim, mas porque eu não entendia o que era, quem eu era. Agora que entendo, uso isso apenas para esconder minha verdadeira paixão por outros caras.

— FORA! — Lágrimas quentes escorrem dos meus olhos. — FORA AGORA! OS TRÊS!

Enxugo o rosto disfarçadamente. Não dou esse gostinho para Bia, nem para os outros.

— Eu não tive nada a ver com isso — informa Line, se levantando calmamente.

Pode não ter tido, mas sem dúvidas sabia o que Bia planejava com aquela festa.

— Você é a pessoa mais fútil que existe, se pensa que pode esconder isso de todo mundo, Daniel — Bia avisa, já descendo as escadas.

Sigo os três escada abaixo e, no momento em que chegamos à porta, meus pais e meu irmão estão entrando. O medo cresce dentro de mim, me rasgando por dentro. Se Bia resolver abrir a boca agora, tudo estará perdido.

— AHHH! Vocês já estão indo? — Pergunta minha mãe.

Não dou à Bia a oportunidade de responder.

— Sim, já está bem tarde e estou cansado da aula — respondo sério e objetivo.

As mentiras fazem parte da minha vida agora; nunca foram tão constantes. Acho que estou pegando a prática, já que soam como verdades absolutas até mesmo para mim. Esse é o real objetivo das mentiras. Quando conseguem convencer até o mentiroso, é sinal de que o real se perdeu.

— Já estamos indo, sim!

Bia sai pisando forte, com Andy e Line logo atrás.

Nunca me senti tão aliviado quanto me sinto agora. Fico feliz e grato por Bia ter resolvido não falar nada para os meus pais.

É difícil esconder toda a dor que eu sinto, o sofrimento de carregar essa coisa chamada homossexualidade, mas essa é uma batalha que eu preciso enfrentar sozinho. Não preciso de hipócritas ao meu lado, de pessoas que me usaram como aqueles três. Só espero que essa armadura seja forte o suficiente para aguentar as lutas que estão por vir. Afinal, uma guerra não é ganha em apenas uma batalha.

Subo as escadas até o meu quarto. Estou sem ânimo para encarar o chuveiro e preciso checar as minhas coisas. Preciso saber se eles não mexeram em nada.

Sou surpreendido ao abrir o notebook. O editor de textos está aberto, com uma mensagem escrita em negrito.

CARA, ME DESCULPA.
VOCÊ SABE COMO A BIA É, ELA USA O NOSSO
PIOR PARA CONSEGUIR O QUE QUER.
NÃO VOU CONTAR O MOTIVO, MAS EU TIVE QUE ENTRAR NO JOGO DELA, OU
ENTÃO ESTARIA TUDO ACABADO PARA MIM.
SÓ ESPERO QUE VOCÊ ENTENDA QUE EU FUI OBRIGADO A FAZER AQUILO.
TENHO NOJO DE MIM POR ISSO, MAS ESTARIA MENTINDO SE DISSESSE QUE
NÃO GOSTEI. SE PUDESSE, EM OUTRA SITUAÇÃO, EU BEIJARIA VOCÊ DE NOVO.
MUITAS E MUITAS VEZES.
MAIS UMA VEZ, DESCULPA.
ASS: ANDY.

Idiota, idiota, idiota!

Confiei em Andy durante aquele maldito jogo de Verdade ou Desafio. Mesmo reconhecendo que foi manipulado por Bia, não consigo perdoá-lo. Nem depois de admitir isso ele teve a coragem de confiar em mim e me contar a verdade.

Como poderei perdoá-lo se eu não sei o que o levou a fazer aquilo?

As lágrimas escorrem como cachoeiras em meu rosto. Aqui, no meu quarto, posso ser eu mesmo, posso ser aquele Daniel idiota e sem noção. Mas somente aqui. Então, ainda chorando, me deito na cama e nem tiro os sapatos. Só preciso desaparecer.

20

Uma semana se passou. Dias em que não tive coragem de ir para a faculdade, depois do que aconteceu com Bernardo; nem mesmo ânimo para sair do quarto e correr o risco de o Trio Maligno aparecer. Minhas desculpas para a minha mãe eram sempre as mesmas: fingir que estava doente ou estudando para algumas provas. E, olha, não foi nada fácil aguentá-la todos os dias me perturbando com remédios diferentes para que eu "melhorasse". O negócio pegou mesmo quando ela quis me arrastar para o hospital.

Tentei inventar desculpas, mas não teve jeito. Estávamos prestes a passar pela porta — e eu pensando em como me justificar quando ela soubesse que eu estava mentindo — e o meu pai chegou com umas três caixas de sapatos novos. Ufa! Fui salvo pelo gongo enquanto ela se distraía com os brinquedinhos novos que tanto amava.

Todos os dias Andy tentou falar comigo e eu o ignorei. Simplesmente não estava com saco para atendê-lo e ouvir suas desculpas esfarrapadas. Se ele tem mesmo algum segredo sério que a Bia descobriu, por que ele não conta para mim? Enfrentamos isso juntos, droga! Por que deixou que se tornasse sua fraqueza nas mãos daquela vaca? Se ele não queria participar do plano ridículo da Bia, era só se recusar. Poxa, ele sabe que eu sou seu aliado.

Dei todas as desculpas que consegui, mas eu já não podia mais fugir da aula, muito menos de Ingrid, que passou boa parte da semana me ligando e torrando minha paciência pra saber o motivo de eu não estar por lá, enchendo sua bola. A garota consegue ser grudenta quando quer, o que me faz pensar sobre onde diabos fui me meter.

Verifico o relógio e está quase na hora de me arrumar para ir à facul. Corro até o banheiro — ao som de Sleeping With Sirens — e tomo banho. É quase outono, então as noites estão começando a ficar frias o suficiente para que eu não vá mais de bermuda e regata. Pego uma calça branca e uma camiseta com o logotipo da Mayday Parade, terminando a combinação com um par de mocassins pretos.

Não estou afim de arrumar o cabelo, então o deixo como está. O emaranhado de fios loiros expressa totalmente a confusão dentro de mim. Arrumo os cadernos de forma desleixada dentro da bolsa e desço as escadas rapidamente.

— Daniel, você não vai jantar? — grita minha mãe, da cozinha.

— Não mãe, tô atrasado! — respondo correndo em direção a porta.

Chego dez minutos atrasado na faculdade, mas antes de subir consigo me encontrar com Ingrid na praça do campus e aproveitar para ficarmos aos beijos, tendo toda a turma como testemunha.

Nossa relação anda bem calma. Quando conversamos, ela não me faz muitas perguntas, mas demonstra estar preocupada comigo. Agradeço a atenção e digo que conversaremos mais tarde, já que depois do intervalo não terei mais aulas. Ela assente e me dá um último beijo antes de ir para a aula.

A primeira aula — e única do dia — passa rapidamente. Luana, sentada ao meu lado, passa boa parte do tempo pedindo para que eu vá tomar algo com ela na cafeteria e acabo cedendo. Sou um viciado assumido quando o assunto é cafeína.

O lugar não está muito cheio. Escolhemos uma mesa um pouco isolada das outras e seguimos para fazer nosso pedido. Um cappuccino para ela e um espresso extraforte para mim.

Rapidamente recebemos os nossos copos e Luana me encara durante alguns minutos. Não tenho nada de importante para dizer a ela, apesar de seu olhar inquisidor. Por isso, adoço o meu café e dou uma longa golada, antes que ela diga qualquer coisa.

Luana beberica o café e volta a me encarar. Pelo que percebo, ela quer dizer alguma coisa, só não sabe como fazê-lo. Então eu a incentivo, impaciente:

— Desembucha, Lu!

Ela cora, envergonhada por eu ter percebido que ela quer dizer algo. Se somos amigos, precisamos ser o mais transparente possível um com o outro, e quero passar essa sensação para Luana. Finalmente, ela toma coragem e começa a falar:

— Humm... As pessoas estão fofocando sobre você. — Ela pigarreia e aproveita para beber mais um pouco do cappuccino. — Todo mundo está sabendo que você está com a Ingrid e você... você... você faltou uma semana inteira... Todo mundo já criou uma história sobre o que pode ter acontecido.

Assim que termina de falar, a garota está mais travada do que um computador dos anos noventa. Chego a pensar que é realmente alguma coisa séria que a incomoda, ela mal imagina como adorei a notícia. Ela não sabe que era isso mesmo que eu queria, que as histórias da minha heterossexualidade se espalhassem por toda a parte. Isso só comprova que eu estou fazendo tudo certo.

— E você acha que eu ligo, bobinha? — digo rindo e, em seguida, tomo um longo gole da xícara de café.

Luana aparenta estar envergonhada. Quero dizer para ela que não há motivo para estar deste jeito, mas Gustavo aparece misteriosamente e se senta ao nosso lado, com um copo fumegante de chá mate.

— Ei, Lu! — ele chama, animado como sempre. — Você tá aqui faz tempo?

Ele ainda está me ignorando? Só consigo rir por dentro, já que tenho de me manter sério diante de atitude tão ridícula e imatura.

— Oi para você também, Gustavo. — sorrio.

Ele apenas me olha de rabo de olho, com uma falsa superioridade, e volta a encarar Luana. Não sei dizer como ele se sente neste momento, depois da vergonha que o fiz passar no trote. Sua raiva não era sem motivo, eu que não deveria ter feito aquilo com ele. Mas o que não tem remédio, remediado está.

O clima permanece estranho durante um bom tempo, até que Luana resolve respondê-lo.

— Faz uns vinte minutos só — ela diz, com aquele jeito calmo e acanhado de sempre.

— Hum, nem me chamou — Gustavo rebate, fazendo biquinho.

— Eu queria conversar com o Daniel — Luana faz uma pausa. — E você não gosta dele. Como eu ia chamá-lo?

TOUCHDOWN! Luana acaba de me conquistar mais ainda.

Posso perceber que Gustavo está puto da vida, mas se ele realmente estiver incomodado por não ter sido chamado, o mínimo que eu posso fazer é deixar toda aquela baboseira no passado e tratá-lo com a mesma frieza indiferente.

— Ok, então — Gustavo se levanta apressadamente. — Depois a gente se fala.

Ele sai pisando duro, obviamente nervoso com a situação. Nem mesmo se lembrou de tomar o resto do seu chá. Quero muito rir daquela atitude infantil, mas talvez isso magoe Luana. Prefiro ficar calado. Até que sou surpreendido quando a ouço sorrir baixinho. Não consigo mais me segurar e caio na risada. Luana se aproveita do momento e ficamos ali, sentados, parecendo dois idiotas sendo felizes sem motivo.

Nesse momento posso experimentar novamente uma dose de felicidade, seu gosto doce e prazeroso me invadindo. Às vezes, tudo o que precisamos é rir das coisas que acontecem conosco para perceber que nem tudo está perdido, que ainda há esperança.

Mas será que ainda existe isso para mim?

A verdade é que o que estou fazendo é contra todos os meus princípios. Mas não posso deixar que isso me destrua. Tenho de aproveitar todos os momentos bons como esse para compensar os ruins que estão por vir. Luana e eu praticamente pensamos junto e pedimos mais dois espressos. O garçom que vem entregá-los até que é bonitão. Percebo que Luana olhou para ele disfarçadamente.

E não há como ignorá-lo: o cara é realmente um deus. Moreno com a pele clara, olhos escuros e misteriosos; braços grandes e malhados. O uniforme apertado que ele usa destaca muito bem o corpo, deixando qualquer um que o olhe com uma sensação de queda livre. Tenho vontade de tocá-lo, mas não posso entregar o quanto estou derretido. Eu me viro para encarar Luana, com apenas a sobrancelha direita arqueada.

— Terra chamando Luana!

Ela recobra a consciência com um sobressalto, achando graça da situação. Em seguida, gagueja:

— Ai! Desculpa, é que... não deu pra não olhar.

Esse jeito tímido dela me derrete totalmente. É fofo e meigo, diferente do lixo da garota-monstro que é a Bia.

— Olhar não, você quis dizer babar — comento, sorrindo.

Luana fica envergonhada, toda vermelha. Como era inocente...

Começo a rir para dissipar o constrangimento no ar. Ela entra no jogo mais uma vez e damos risadas juntos. Logo estamos conversando, passando o tempo como bons amigos.

Eu nunca havia experimentado esse tipo de amizade antes. Luana se encaixava perfeitamente no papel de melhor amiga. Com certeza poderei contar a ela coisas que nunca pude abrir para ninguém antes.

E quanto aos ex-melhores amigos? Não sei se algum dia serei capaz de perdoar Andy e Line por terem entrado no jogo da biscate-mor. Com certeza será mais fácil perdoá-los do que perdoar Bia. Acho que sou capaz de matá-la se a encontrar na rua.

Tento espantar esses pensamentos dando um longo gole no café forte, mas falho miseravelmente. Lu é minha única saída.

— E aí, Lu? Você tem que parar de ser tímida, poxa!

Luana dá uma risada meio reservada e me conta que não consegue agir diferente quando está cercada por muitas pessoas. Ela não gosta de se destacar diante do público, como Gustavo e, de certa forma, como eu.

— Ah, eu sou assim. — Ela beberica o café. — Não gosto de chamar muito a atenção alheia. E você, que cara é essa? Tá parecendo que esconde alguma coisa...

Pego no flagra! É hora de mentir mais um pouco. Não quero fazer isso, mas preciso, só mais um pouco, segurar ao máximo antes que tudo dentro de mim se rompa.

— Não escondo nada de ninguém, Lu. Sou um livro aberto — respondo, rindo para atenuar a mentira.

Luana abana a mão, indicando que deixará este assunto de lado, mas que não está satisfeita. Ela parece me conhecer tão bem que já consegue identificar quando estou mentindo. É legal encontrar alguém assim, mas também perigoso.

Levanto, sigo para o caixa, pago os cafés e retorno para a mesa. Eu me aproximo para dar um beijo em seu rosto, para me despedir.

— Linda, vou indo. Vou encontrar a Ingrid. Até amanhã!

Lu acena brevemente e eu saio da cafeteria.

O estacionamento da faculdade está um pouco lotado, o que dificulta o caminho até a saída. Passo por entre os carros parados e subo a rampa tranquilamente.

Chegando ao portão de saída, acendo um cigarro. Fumo quase metade até chegar ao bar, onde Ingrid e Bernardo estão sentados em uma mesa do lado de fora. A música pop eletrônica fere meus ouvidos quando me sento ao lado de Ingrid. Em meio ao barulho posso ouvir um suspiro nervoso vindo de Bernardo.

Eles estão com um copo a mais na mesa, me aguardando. Bernardo faz as honras e enche o copo para mim, enquanto Ingrid banca a pervertida, acariciando minha coxa com sua mão direita.

— Oi, Bernardo. — Digo depois de um tempo.

Ele apenas acena com a cabeça.

Há uma cadeira vazia ao seu lado. Será que ele está esperando alguém?

O clima está tenso entre nós, por isso foco em Ingrid. Começamos a nos beijar, enquanto Bernardo está ali, sentado e nos vendo.

Nem percebo a chegada de alguém, que se senta ao lado de Bernardo. Ingrid e eu paramos de nos beijar para recuperar o fôlego. Confesso estar começando a gostar de beijar a boca de Ingrid, ela é macia e definitivamente fervorosa. Mas nem chega perto do prazer que eu senti ao beijar Bernardo.

Ao me virar para encará-lo, percebo que a pessoa que se sentou ao seu lado é ninguém menos que Gustavo e, para que a minha surpresa seja ainda maior, eles também estão se beijando! Como assim? Ele só pode estar querendo me irritar!

Pego a cerveja e encho o meu copo e o de Ingrid, fingindo não me importar com a cena que se desenrola na minha frente. Eles se beijam de um jeito que me deixa com vontade, até parecem estar apaixonados. E por mais que eu tente não me importar, isso está me corroendo, me despedaçando, me destruindo mais do que beijar Ingrid me destruía.

Eu não sei controlar a intensidade do sentimento que está crescendo dentro de mim. Sei que ver dois homens juntos me irrita, mas, ao mesmo tempo, me dá uma boa sensação. Não consigo deixar de notar a maneira como eles se tocam, se beijam e como parecem se amar. Ver Gustavo e me imaginar no lugar dele é estranho.

Ingrid deve ter percebido que eu não estou me sentindo confortável com o que estava presenciando, pois protestou em meu favor. Ou em favor dela, não sei ao certo.

— Ai gente, vocês parecem duas quengas fazendo safadeza na frente de todo mundo! — Eu não esperava essa reação dela. — Achem um quarto!

Encaro Ingrid, espantado com o que ela disse há pouco. Eu simplesmente não entendo se ela estava brincando ou se foi simplesmente preconceituosa. Deixo as suspeitas de lado quando vejo ela começar a rir.

Os dois param de se beijar e tomam suas cervejas, sem nem mesmo nos olharem.

Ingrid se levanta inesperadamente, pega sua bolsa e me encara antes de dizer alguma coisa. Pisca e fala, maliciosa:

— Vamos dar uma volta, amor?

Já estamos nessa fase em que chamar de amor é algo totalmente normal e esperado? Acho que não, mas fico quieto. Mas eu não vou chamá-la assim porque não sinto nada por ela, nada mesmo. Mas, se ela diz com tanto entusiasmo, é porque deve sentir alguma coisa. Você está cada vez mais encrencado, Daniel.

— Claro! — Respondo sem mencionar a palavra perigosa.

Termino o copo de cerveja e me levanto, encarando o casal apaixonado à minha frente. Na verdade, sei que de apaixonados eles não têm nada. Isso deve ser um jogo que Bernardo está tramando para me atingir. Para a alegria dele, está conseguindo.

Sabe o nome do que eu sinto agora? Ciúmes. Ele é ruim, doloroso, e aumenta cada vez mais. Tenho a sensação de que estapearia a cara de Gustavo se ficasse ali mais alguns minutos. Eu não sei para onde Ingrid quer ir, mas a seguiria para qualquer lugar neste momento, apenas para não ficar vendo a cena ridícula que se desenrola em minha frente.

— Bye, bye, Bernardo e pessoa que eu não conheço — ela diz com um tom desaprovador na voz.

Bernardo dá de ombros e volta a beijar Gustavo, como se não houvéssemos falado nada.

Puxo Ingrid com força. Precisava sair logo dali antes que colocasse tudo a perder por uma besteira. Ela pede para que eu espere no portão da faculdade, pois vai pegar o carro no estacionamento. Eu me espanto.

Essa era a verdade: eu a conheço tão bem, que nem mesmo sabia que ela tinha um carro. Sou surpreendido quando ela passa pelo portão em uma BMW, também vermelha. Essa garota tem uma fixação enorme por vermelho. Posso até imaginar que cor é sua calcinha, se é que ela usa isso.

— Entra aí!

No carro, reparo que os bancos são revestidos em couro negro e reluzente. O som está tocando uma música animada, que eu não sei o nome. Busco o controle de volume e abaixo um pouco a música para perguntar:

— Para onde nós vamos?

Ingrid pisca para mim:

— Fica quietinho aí que já, já, você descobre!

21

Estamos rodando pelo bairro há praticamente uma hora e, mesmo assim, Ingrid não me diz uma palavra sequer. Está muda como uma estátua, dirigindo sem rumo, com um sorriso de satisfação, talvez um tanto forçado, que não abandona o seu rosto. Já estou irritado com essa falta de informação, esse suspense desnecessário. Para completar, Ingrid desembala um pirulito de cereja e o coloca na boca, numa tentativa de parecer sensual. Junto toda a força e paciência que ainda existe em mim para dar um basta nessa palhaçada. Quero que ela pare de ficar rodando pela cidade, quero quebrar esse silêncio ridículo.

— Ei, para onde estamos indo? — pergunto, abruptamente.

Ingrid finge não me escutar. Continua a chupar o pirulito, fazendo um barulho extremamente irritante. Olho para ela com uma expressão idiota, tentando ganhar sua atenção, mas não funciona. Qual seria o motivo disso tudo? Não faço ideia de por que ela me convidou para sair e ficar rodando feito doidos, se ela fica muda como uma estátua.

Começo a acariciar sua coxa, como ela vinha fazendo comigo sempre que me encontrava. A calça de couro vermelho definitivamente aperta sua carne, mas a textura é macia e confortável. Acaricio-a mais alguns instantes e sussurro em seu ouvido:

— Ingrid, o que tá acontecendo? Aonde a gente vai?

Ingrid tira o pirulito da boca e me olha de soslaio, demonstrando desinteresse. Onde eu estava com a cabeça quando decidi me envolver com essa garota? Nem mesmo gosto delas!

Meus devaneios são interrompidos ao sentir a mão de Ingrid se enfiar no meio das minhas pernas. Tentei não me afastar, não aumentar a distância entre nós. Tenho de deixá-la acreditar nesta falsa intimidade, mesmo que todos os limites autoimpostos estivessem sendo ultrapassados.

— Logo você vai descobrir, gato — ela responde, ainda deslizando sua mão sobre mim.

Com esse gesto, consigo ter uma ideia do que ela deseja. Só não sei se é o que eu quero, se estou pronto para me entregar do jeito que Ingrid precisa. Talvez isso seja demais, até mesmo para mim.

Já fui para a cama com garotas, mas isso foi antes daquele beijo me proporcionar sensações nunca imaginadas. Nunca pensei que iria passar por uma situação dessas, de parecer algo que não sou. Da última vez que fiquei com alguém do sexo oposto, eu ainda não tinha certeza das coisas, por isso foi mais fácil. Mas, e agora?

Agora é diferente, sei exatamente o que eu quero. E isso não tem nada a ver com as palavras sexo e Ingrid.

Droga! Preciso ficar animado de alguma forma, mas não sei como. É estranho ter de fingir prazer. Como conseguirei fazer isso? Não tenho ideia, mas preciso que dê certo. Fecho os olhos e tento pensar em imagens que me incentivem. E antes que eu perceba, me pego pensando em Bernardo, em nosso beijo e em todas as sensações que me causou. O toque dele, mesmo cheio de paixão e de fúria, me conforta, me afasta de toda essa sujeira que eu mesmo criei.

Paramos em uma rua escura, diante de um lago. Ingrid se joga sobre mim e eu só consigo pensar em Bernardo, em tudo que poderia ter acontecido naquela noite, naquele beijo. Isso me deixa alheio a tudo, minha imaginação se joga em um terreno perigoso e, ao mesmo tempo, deslumbrante. Pensar que neste momento poderia ser eu e Bernardo nos tocando, nos amando, acaba por me deixar um pouco excitado.

Escuto Ingrid ao longe, mas não quero me distanciar dos meus pensamentos, dos meus sonhos. Se ela soubesse no que estou pensando...

Sinto sua boca tocar a minha, como se sua vida dependesse disto, o gosto forte de cereja ainda está presente em seus lábios. Retribuo mecanicamente, com a cabeça presa em um lugar que eu gostaria de nunca mais sair.

Em outro momento, aquele em que eu vivia cego pela minha própria intolerância, Ingrid seria o tipo de garota que eu gostaria de ter ao meu lado, aquela que seria o meu troféu. Eu a exibiria pelos corredores da faculdade e andaria de mãos dadas em todos os lugares. Agora eu apenas quero me esconder atrás dela. Quem eu realmente quero é Bernardo. Tenho vontade de gritar e ir atrás dele. Mas eu daria conta de lidar com as consequências?

Vivo em uma caixa de pregos, onde me rasgo e sangro para manter uma falsa imagem intacta. O prazer que estou sentindo agora não tem qualquer relação com Ingrid, mas eu preciso fazer isso. Preciso ser um “homem de verdade”.

Não tenho coragem de olhar para ela. Não queria ser capaz de ouvi-la. Queria impedir minhas mãos de tocá-la, meu corpo, de se unir ao dela. Queira voltar no tempo e trocar todos os nãos que eu disse por sim.

Faço o que meu papel de cafajeste pede. Satisfaço Ingrid.

E agonizo. Finalmente, tudo acabou.

— Você pode me levar pra casa? — pergunto, ainda ofegando, tentando lutar contra as lágrimas. Sem responder, nos vestimos. Ingrid me beija mais uma vez e liga o som. Avril Lavigne começa a tocar dentro do carro e, mais uma vez, estamos em movimento.

Quando ela para na porta de casa, eu me despeço com um beijo e saio, sem palavras. Vou direto tomar um banho. Eu poderia passar horas debaixo do chuveiro, até dias. Nem se eu me lavasse com ácido eu me sentiria limpo novamente. Isso por que não é o meu corpo que está sujo, é minha alma. Cruzei uma linha, passei do limite e agora não tem mais volta.

Há poucas horas dei meu corpo à Ingrid e a proporcionei o que ela mais queria, mas o que eu ganhei com aquilo? Nada além de vergonha. Nada mais do que ódio de mim, ódio do mundo. A água morna escorre por todo o meu corpo, mas não sei diferenciar se são minhas lágrimas ou só a água do chuveiro.

DROGA!

Estou cedendo, me esfarelando, e não posso me dar ao luxo de deixar isso acontecer. Também não quero jogar tudo fora agora. Um sentimento parecido com raiva se apodera de mim instantaneamente e, sem que eu perceba, começo a bater na parede. Estou machucado e deixo sangrar. Bato até que o vermelho se junte à água que escorre pelas paredes, dando um tom rosado ao branco perolado do chão.

Vermelho. Maldito vermelho!

Até essa merda de sangue que sai dos nós dos meus dedos me lembra de Ingrid.

Escorrego até o chão, rasgado em um misto de lágrimas, sangue e água. Minha dignidade desceu através do pequeno ralo, junto com toda a sujeira que havia em meu corpo.

Cruzo os braços em volta dos joelhos e enfio a cara em meio àquelas sombras escassas. As lágrimas começam a rarear, assim como a minha energia.

Tento, inutilmente, pensar mais uma vez em como acabar com este teatro. Talvez recorrer à Bia e aos outros seja a coisa certa a se fazer, deixá-los me desmascarar e me jogarem aos porcos. Ou eu poderia falar com Bernardo.

Eu preciso dele.

22

Chegar à faculdade com ambas as mãos enfaixadas é realmente constrangedor. Ganho instantaneamente a atenção de pessoas que nunca vi nos corredores. Consigo notar, por seus olhares, que estou prestes a me tornar motivo de fofoca mais uma vez. Só que desta vez será como o idiota da universidade.

Passo perto de alguns veteranos do curso, que me medem da cabeça aos pés e depois comentam em meio a sussurros. Merda!

Não demorará muito para que alguém me pergunte o que aconteceu, quem havia sido o infeliz que fora espancado por mim ou pior: de quem eu tinha apanhado. Nesse caso, serei obrigado a mostrar para a pessoa curiosa como é ser socado na fuça.

Eu me esgueiro por entre as pessoas para chegar mais rápido à sala de aula, sem olhar para ninguém. Encaro as minhas mãos enquanto a aula corre, me lembrando de tudo o que aconteceu. Estou ali apenas de corpo presente.

Luana está ao meu lado e não me disse uma só palavra, pelo menos até o momento. Isso me deixa inquieto, porque eu quero que ela pergunte o que aconteceu. Preciso que alguém, mesmo que indiretamente, compartilhe a minha dor. É isso que os amigos fazem, não é? Vai ver ela está ocupada com a aula, sei lá.

Eu me viro para encarar Lu, em uma tentativa de chamar sua atenção. Eu preciso falar com ela antes de chegar em Bernardo, preciso pelo menos dizer o que está acontecendo comigo para alguém em quem eu confie.

— Vou sair por aquela porta — avisei, depois de cutucá-la —, e você vai me encontrar na praça tipo, AGORA! Preciso muito falar com você.

Luana me olha, assustada, e depois assente. Coloco meus cadernos na bolsa, junto com todas as outras porcarias que estão em cima da mesa e sigo em direção à saída. Abro a porta silenciosamente, não quero chamar atenção.

Antes de seguir para a praça, decido passar no banheiro. Meu rosto deve estar horrível. Não tive uma boa noite de sono — fiquei o tempo todo debaixo do chuveiro desligado, jogado no chão gelado, chorando até apagar — e eu fico com uma cara de quem foi atropelado um milhão de vezes quando isso acontece.

Ao me ver, tenho a sensação de encarar um estranho no espelho sujo e pichado à minha frente. As olheiras estavam profundas, destcando do tom meio pálido da minha pele. Nem me lembrava de que estava com o cabelo tão grande, os cachos loiros caindo em cascata no rosto, até cobrir meus olhos. Quem sou eu? Saberei um dia?

Paro de encarar o ser no espelho e volto minha atenção para as mãos. A dor autoinfligida na noite passada de certa forma conseguiu calar os gritos ruins que povoavam a minha mente naquele momento. Tiro primeiro a faixa da mão direita para contemplar, mais uma vez, o estrago que causei em meus dedos. Estava um pouco inchada e com alguns cortes que começam a exibir um tom roxo esverdeado. Olho de relance para a esquerda e percebo que a coisa está bem pior ali, com muito mais cortes, alguns deles começando a inflamar. Mas não posso ir a um médico, ou posso? Não quero ter de passar a vergonha de dizer que havia esmurrado a parede do banheiro depois de transar com uma garota.

Penso na sorte que tive de Ingrid ter me deixado na porta de casa. Se eu houvesse voltado sozinho, tomado de desgosto e raiva, teria sido capaz de arrumar uma briga feia com alguém no caminho.

Espanto os pensamentos perturbadores da minha mente e enfaixo as mãos. Não quero expor o meu desastre e muito menos que alguém entre no banheiro e os veja.

Desço as escadas correndo e vou em direção à praça, que está mais escura do que o normal. Só percebo a presença de Luana ao me aproximar do banco em que costumamos passar o nosso intervalo. Ela me olha, descrente, tentando entender o motivo de eu tê-la tirado com tanta pressa da sala de aula.

— Desembucha porque a aula tá boa! — A boa e velha intimidade entre amigos. Amo Luana por isso.

Levanto minhas mãos e começo a tirar as faixas. Enquanto faço isso, vou acompanhando seu olhar, que parece estar se assustando. Quando termino todo o processo, reparo que sua expressão foi de desinteressada para chocada em um curto espaço de tempo, o que não é tão bom. Prevejo um sermão a caminho e por isso me sento ao seu lado. Suspiro, tentando criar coragem.

— O que você tem na cabeça, Daniel? — Posso perceber em sua voz o choque e um toque de preocupação quase maternal. — Você precisa se cuidar, cara! Eu tô falando sério, isso não é uma coisa boa. Você quer me dizer o que aconteceu?

— Eu transei com a Ingrid...

Digo isso envergonhado, e no mesmo instante sinto minhas bochechas queimarem. Percebo que ela ficou confusa, sem entender o que aquilo tem a ver com as minhas mãos estouradas.

— Tá, e aí?

— E aí que ninguém sabe, mas eu sou gay.

Luana cobre a boca totalmente aberta com as mãos, indicando surpresa e confusão ao mesmo tempo. Sinceramente, não estou acreditando que disse isso em voz alta. Está feito. Logo me afundarei na miséria em que minha vida se tornará. Lu será a primeira a me rejeitar, eu sinto isso.

Inquietação misturada a nervosismo invadem o meu corpo. Só uma coisa pode me acalmar: acendo um cigarro e me levanto do banco. Luana e eu nos encaramos durante minutos a fio, sem pronunciar uma única palavra que rompa o silêncio constrangedor.

Ela finalmente decide acabar com a inquietação:

— Eu não tenho nada contra, Dan. Amo os gays, de verdade. Mas você é um bom ator... Nunca nem cogitei a ideia de que você gostasse de outros caras, mesmo depois daquele beijaço com o Gus.

Sua enxurrada de palavras me deixa um pouco confuso. Não sei, mas talvez o nervosismo faça com que ela fale mais do que o normal e eu não estou acostumado a vê-la assim.

— Você chegou pelo menos a pensar no que a va... a Ingrid vai pensar disso? Como ela vai reagir diante disso tudo? Não se brinca com o coração das pessoas assim, Daniel.

Penso no que ela disse durante um bom tempo, sem encontrar uma boa resposta para suas perguntas. Eu sabia que ela estava certa, mas o que podia falar? Sem que eu perceba, lágrimas escorrem pelo meu rosto. Neste momento, tenho a sensação de estar à beira de um precipício e, se eu olhar para o fundo, serei capaz de enxergar a loucura que existe lá. E talvez, só talvez, isso não seja algo bom.

— Eu sei de tudo isso, eu sei! — Estou gritando, sem perceber, entre soluços, despido de máscaras. Isso assusta Luana, ainda mais quando ela vê as lágrimas brotando dos meus olhos. — Mas eu não posso contar pra ela, não antes de conversar com o Bernardo... NÃO POSSO!

Ela me olhava brava, louca para dar um tapa na minha cara.

— Daniel, você tá parecendo uma criança, para com esse drama todo! — Ela assume um tom sério desta vez. — O que você está esperando pra ir falar com esse tal de Bernardo? Vai logo, some daqui!

Saco o celular do bolso e disco o número para chamada rápida de Bernardo. Fiz questão de roubar o seu número diretamente do celular de Ingrid, um dia em que ela o deixou de bobeira na mesa. Pelo menos uma coisa boa ela tinha me proporcionado, mesmo que não soubesse.

— Atende!

Cinco toques. Nada. Um dia ainda entenderei porque as pessoas demoram tanto para atender a porcaria do celular. Leva mais alguns segundos para que Bernardo atenda o celular.

— Alô?

Fico mudo quando escuto sua voz. O que eu devo dizer?

— Oi, Bernardo, é o Daniel.

— Oi. O que você quer?

Engulo em seco e encaro Lu, em busca de ajuda. Ela abafa um riso com a mão e se volta para mim, falando calmamente:

— Fala pra ele que vocês precisam conversar, oras!

Se existe uma coisa em que sou péssimo é ser menos orgulhoso e pedir ajuda aos outros. Não sei nem por onde começar, quanto mais pelo telefone.

— Eu preciso conversar com você urgente. Pode me encontrar no diretório acadêmico?

Alguns segundos de espera pela resposta de Bernardo. Estou ficando inquieto e quanto mais o tempo passa, mais o medo cresce. Então, ele responde, me deixando um pouco mais tranquilo:

— Ok, me encontra lá daqui uns quinze minutos!

Tum... tum... tum...

Ele desligou o telefone. Ainda bem, porque eu estava prestes a começar a me enrolar com a situação e provavelmente soltaria alguma merda sem sentido.

E agora, o que vou dizer? Não sei nem por que eu preciso dele. Tudo o que eu sei é que preciso e pronto. Meu coração diz isso. Meu corpo inteiro pede pela presença dele perto de mim.

— Bom, acho que vou subindo. — Lu me traz de volta dos meus pensamentos. — Vai lá, fica calmo e pelo amor de Deus, vá ao médico ver essa merda que você fez nas mãos.

Espero até que Luana suba e sigo em direção ao prédio onde são ministradas as aulas teóricas do curso de Jornalismo. Preciso subir apenas dois lances de escadas para chegar ao corredor onde fica a sala do Grêmio. Ao chegar à sala, noto que a porta está entreaberta e um facho de luz escapa lá de dentro. Empurro a porta e vejo Bernardo sentado no sofá preto e surrado. É a primeira vez que vou a esta sala e me surpreendo ao ver que, além do sofá, há apenas uma mesa — com um aparelho de som em cima — e um vaso com uma planta morta.

Fico parado, encarando Bernardo durante alguns minutos, cheio de expectativa. Ele faz o mesmo e até boceja, como quem está entediado. Decido quebrar o clima constrangedor e entro na sala. Bernardo faz um gesto para que eu tranque a porta atrás de mim e assim o faço; não quero ser interrompido.

— Então... — Bernardo demonstra desinteresse logo de cara pelo que tenho a dizer. As coisas não podem ser piores.

Eu me sento ao seu lado e me viro para encará-lo.

— Bernardo, eu preciso de você. — A frase termina antes que eu consiga completar meu raciocínio.

Jogo de vez a minha máscara fora e espero. Sinto angústia, medo e dúvidas mil me devastando em um misto de emoções estranhas. Quero contar tudo, mas não sei como começar a contar todas as merdas que fiz nos últimos tempos. O pior é que não sei como dizer que quero muito ficar com ele.

O silêncio de Bernardo indica que devo continuar. Gosto assim, conversas unilaterais.

— Eu transei com a Ingrid — afago os cabelos perto da minha nuca. — Fiz isso só pra sustentar a farsa de ser o machão que todo mundo pensa que sou. Eu preciso de ajuda, Bernardo, preciso!

— Você só pode ser ajudado quando aceitar quem você é, e eu não posso mudar isso, Daniel. — Ele quebra o silêncio, o rosto está mais suave. — Simplesmente não posso... Tudo tem que vir de dentro de você, não de mim.

Droga! Eu sei que tudo dever começar dentro de mim. Mas eu não tenho ideia de como dizer à Ingrid que só me aproveitei dela.

— Eu preciso dizer para Ingrid a verdade, mas eu tenho medo!

Bernardo solta uma grande quantidade de ar pela boca, impaciente. Vejo que ele começa a ficar nervoso.

— Eu não entendo por que eu tive aquela conversa com você. Você é muito ingênuo, Daniel, muito imaturo! Realmente achou que ia conseguir esconder quem você é? Acorda, garoto! Olha quanta dor teria se poupado se tivesse sido verdadeiro...

Por um momento esqueço do atual estado dos meus machucados e penso em dar outro soco na parede, mas Bernardo me interrompe, segurando as minhas mãos.

— É essa a maneira que você lida com os seus problemas? — Ele me dá um empurrão e eu bato na parede. — Hein?!!

Não tenho resposta alguma para lhe dar e, mesmo que tivesse, não conseguiria responder.

Não sei se estou chorando de vergonha, de raiva ou tristeza. A única coisa que sinto são as lágrimas escorrendo em meu rosto pálido.

Repentinamente, ouço um estalo. E só após sentir a ardência em meu rosto, que percebo ter levado um tapa na cara. Dado por ele, Bernardo.

— Depois ainda quer fazer papel de hétero? Pelo amor de Deus, Daniel!

Ele não me dá a chance de retrucar ou devolver o tapa, pois destrói minhas barreiras com o melhor beijo de minha vida.

Só que desta vez eu não penso.

Apenas me entrego.

Bernardo e sua boca. Ah, sua boca que me envolve em ardência e carinho! Que toma o meu ar e, mesmo assim, me enche de vida! Além do toque violento de nossas bocas, nossas mãos percorrem o corpo um do outro, passando por lugares inimagináveis e, provavelmente, inaceitáveis.

Bernardo interrompe o beijo durante alguns segundos apenas para olhar dentro dos meus olhos. Neste momento percebo a profundidade de seu olhar, o mistério que paira sobre eles a me devorar aos poucos. Não tenho muito tempo de pensar, pois Bernardo começa a me beijar novamente. Desta vez, com ainda mais intensidade.

Nossos corpos se encaixam, dois lados de um mesmo espelho, seres iguais que se completam. E isso nunca pareceu tão certo. Eu o toco, sem vergonha, e deixo de lado o bom senso que tanto me impediu de viver.

Isso dura pouco, pois ao longe alguém bate na porta. Não quero que aquilo acabe, mas o barulho aumenta, persistente e agressivo.

Bernardo se desvencilha de mim e afaga meu rosto com carinho. Nunca me senti tão especial como me sinto agora. Se com Ingrid eu tiver a sensação de estar imundo, quase violado, com ele eu pareço estar limpo de todos os meus pecados, de todas as farsas. Como ele posso finalmente ser eu mesmo, sem medo de julgamento.

— Eu vou ajudar você, Daniel — ele sussurra em meu ouvido. Seu hálito quente e ofegante me dá arrepios. — Eu preciso ajudar, mas você precisa permitir.

Apenas concordo com a cabeça e acaricio rapidamente seus lábios com a ponta de meu dedo indicador. Em seguida, aponto para a porta, para que ele a abra, senão as coisas podem ficar estranhas.

Pisco discretamente para ele, para deixar claro que resolveremos tudo, e saio pela porta, passando por um desconhecido.

Durante todo o percurso de volta para casa a única coisa em que consigo pensar é Bernardo, em tudo que senti e prendi com ele naquele curto espaço de tempo.

Estou decidido a ser quem sou, feliz por ter alguém como ele ao meu lado.

23

Deitado na cama, não sou capaz de pensar em nada, além de Bernardo, Ingrid e toda a zona que a minha vida se tornou. Não consigo sequer tocar em um livro, que dirá lê-lo. Minha mente está definitivamente caótica como o trânsito de São Paulo.

Fecho os olhos e passo os dedos nos lábios, lembrando do beijo que me faz sorrir. O coração bate furiosamente dentro do meu peito, mas de vez em quando entra em descompasso ao me lembrar da garota que vou deixar para trás. Ingrid pode ter todos os defeitos do mundo, mas sei que ela sente algo por mim. Eu me pergunto em que lugar minha cabeça estava ao pensar que tudo daria certo, que eu conseguiria ser feliz como outra pessoa. Fui egoísta a tal ponto que vou magoar alguém que não merece.

Preciso terminar as coisas com Ingrid, acabar com a farsa que criei antes que seja tarde demais. Mas a questão que paira em minha mente é a seguinte: como eu farei isso?

Só consigo pensar em uma única resposta boa o suficiente, e ela não me agrada. Nunca fui um cara objetivo, sempre cheio de rodeios e floreios para tornar a tomada de decisões importante. Mas neste caso eu preciso ser direto com Ingrid. Direto, sem enrolação, de uma só vez. Tenho de dizer a ela que não senti sequer um pingo de amor nas poucas semanas em que nos relacionamos.

Durmo e acordo imaginando qual será sua reação, o que ela fará a respeito, mas não consigo encontrar respostas. Minha cabeça fantasia, imaginando-a tranquila, me desejando votos de felicidade... Quem dera, sei bem que as coisas não serão assim. Tenho certeza de que ela agirá como uma grande filha da mãe.

Ok, preciso parar de perder o meu tempo pensando nessa idiotice toda e ir para a faculdade, começar a ajeitar as coisas. Pego tudo, e mal chego à porta, o celular começa a tocar.

Ingrid.

Parece que o capeta planta essas coisas em nosso caminho, ou que ela sentiu que eu estava pensando nela há pouco tempo. Deixo que o bendito toque mais um pouco, na esperança de que ela desista, mas acabo atendendo.

— Aff — ela bufa. — Pensei que você nunca ia atender essa porcaria de celular. O que tá acontecendo?

Respiro fundo, prestes a falar tudo o que quero e o que não quero. Depois respondo da forma mais calma o possível.

— Nada, ué. Só tô me arrumando pra assistir a aula!

— Você sabe muito bem que não é isso que estou perguntando! — devolve ela, com uma voz aguda e histérica. — Desde aquele dia, na nossa brincadeirinha, você sumiu, nunca mais me procurou!

— Amor — digo, fingindo estar morrendo de saudades —, se eu sair cedo da aula de hoje, a gente conversa, ok?

Ela demora um pouco para responder e quando responde, é de um jeito mandão e estúpido.

— Acho bom você arrumar um tempo pra mim, de verdade! — Ela ordena. — Ou as coisas não vão ser tão legais como da última vez, tá bom?

•••

Parado em frente à entrada do campus, os pensamentos que me assolam servem apenas para tirar minha concentração de tudo ao meu redor. Penso em entrar e ser um bom aluno, assistir à aula de História da Comunicação, mas sei que isso não importa mais do que resolver minha vida.

Avisto Ingrid ao longe e toda a coragem de conversar com ela me abandona. Instintivamente, a única coisa em que consigo pensar é como evitá-la. Lembro que ao lado do maldito bar, criador da maioria dos meus problemas, há uma pizzaria. Nem penso, corro para lá.

Entro rapidamente e me sento. A atendente para na minha frente e me encara... Então me lembro de que devo fazer um pedido. Maldita hora em que eu resolvi correr para dentro de um lugar cheio de gordices. Penso um pouco antes de pedir.

— Vou querer uma de mozzarella e um refrigerante!

Estou sentado em uma mesa escondida no fundo do estabelecimento, longe das janelas. Agora me diz: o que eu vou fazer com uma pizza inteira? Eu não aguento comer nem dois pedaços, que dirá a porcaria de uma pizza completa!

Antes de comer, abro o Whatsapp, seleciono o ícone de Ingrid e encaro a tela por alguns minutos, pensando na desculpa que darei para ela.

Digito um monte de palavras sem nexo apenas para dizer que estou com uma puta dor de cabeça e que vou para casa. Tenho certeza de que ela vai ficar com raiva, mas vai fingir que entendeu.

Alguns minutos depois, meu celular vibra com uma nova mensagem de Ingrid, são apenas alguns emojis tristes e chorões.

Depois de mentir mais uma vez, me sinto perdido, exausto e confuso. Tudo o que eu não preciso, para ser mais exato. Mas o cheiro de pizza quente invade meu nariz e instantaneamente minha boca começa a salivar, fazendo com que eu esqueça essa baboseira toda. É, a pizza pode ter sido uma boa ideia. Logo ela chega à mesa, o queijo ainda borbulhando, junto do refrigerante. Pago tudo e encaro durante uma eternidade aquela pizza suculenta e deliciosa — que terei de comer sozinho, infelizmente.

Bom, não posso jogar uma pizza inteira no lixo, por isso resolvo pegar o primeiro pedaço. Para que as coisas fiquem mais agradáveis, encho o pedaço gigantesco da pizza com ketchup e maionese. Ao dar a primeira mordida e sentir o gosto delicioso de queijo quente, me sinto cem quilos mais gordo do que realmente estou.

Já estou na metade do quarto pedaço quando escuto risadas entusiasmadas próximas a mim. Me viro rapidamente e dou de cara com Bernardo e Gustavo. Mais essa! Tudo que eu realmente preciso no momento é de alguém como o Gustavo... Se eu o vi beijando o Bernardo, vai rolar sangue no estabelecimento!

Contenho a vontade de levantar e sair e continuo comendo a pizza, fingindo não ter visto os dois. Por mais que eu queira estar com Bernardo, a ideia de Gustavo ao meu lado me deixa desconfortável, constrangido e outras coisas mais que envolvem vergonha pela forma como o tratei.

— Meu Deus, alguém está tentando ficar obeso ou é impressão minha? — A voz aguda e estridente de Gustavo fere os meus ouvidos. Me viro para encará-lo e me deparo com Bernardo lançando um olhar fulminante para o garoto. Ele nem se dá conta do olhar arrasador do Ben e continua rindo loucamente. Para a minha surpresa, Bernardo protesta a meu favor.

— Menos, Gustavo. Bem menos! — O tom dilacerante de sua voz até me deixou constrangido, mas Gustavo não parece se importar e continua zombando. — Bom, Gustavo, eu achei que aqui era uma pizzaria, não um circo em que você fosse o palhaço!

Desta vez Bernardo surte mais efeito e Gustavo, sem dizer mais nada, decide sair sem olhar para trás, bem puto. Parte de mim quer rir e me vangloriar do ocorrido, mas a outra parte sente pena dele. Alguma coisa me diz que aquele jeito depravado e palhaço dele é uma ferramenta de defesa, algo que o protege deste mundo sujo e cheio de preconceitos.

Bernardo se senta à minha frente e, sem perguntar, se serve.

— Não tem problema se eu pegar um pedaço, tem? — ele pergunta, sorrindo.

Como negar, se aquele sorriso derruba todas as minhas defesas? Algo maior está sendo criado entre nós e eu estou gostando disso. Tenho vontade de puxá-lo pelo pescoço por cima da mesa e beijá-lo, amá-lo ali mesmo, na frente de todos, mas me contenho.

— Claro que não, principalmente depois do seu show com o Gustavo. — Digo rindo, para indicar que não estou brigando com ele.

Sem perceber, estamos os dois rindo e metendo o pau em Gustavo pelas costas. Isso me dá a impressão de que já conheço Bernardo há anos, de que sempre fomos destinados um ao outro. Essa atitude nem parece minha, eu sei. Isso é coisa de gente que acredita em contos de fadas. Mas quem disse que não posso mudar de ideia? Que se dane quem achar o contrário!

Nesse momento eu sinto algo que desconhecia: liberdade. Estou livre das farsas, de mim mesmo. Isso reforça a ideia de que com ele eu posso ser quem eu quiser ser. Bernardo me fita, me flagrando em um momento de vulnerabilidade, preso aos meus pensamentos.

— Ei, o que você acha de a gente dar uma volta? — ele sugere com aquele maldito sorriso convidativo. — A gente pode levar o resto da pizza. O que você acha?

Penso em sua proposta durante um tempo. Não sei se é certo me envolver tanto assim com Bernardo antes de resolver as coisas com Ingrid. Mas antes sentir a dor de me expor diante dela do que deixar que essa mesma dor alcance o Bernardo.

Sem me dar conta de meus próprios movimentos, me levanto, encarando Bernardo indicando que aceito seu convite.

— Eu estava mesmo precisando de ar fresco. Bora!

Finjo o máximo possível estar animado com isso. Na verdade, eu estou, mas não da maneira como ele espera que eu esteja. Este é o retrato daqueles que vivem com medo de aceitar a felicidade quando ela aparece, é o medo de que alguém roube o seu sorriso, se ele for verdadeiro.

Bernardo vai até o balcão pedir para que eles embalem o que sobrou da pizza e logo passamos pela porta de saída. Deixo que ele me guie, cegamente. Não sei para aonde estou indo, apenas sigo Bernardo pelo campus. Passamos pela praça e logo estamos em uma área escura e cheia de árvores altas. O cheiro rançoso de folhas pisadas misturadas com a terra molhada invade minhas narinas aos poucos.

Após cerca de dez minutos de caminhada, Bernardo para embaixo de uma árvore de tronco grosso e se senta, apoiando as costas em sua base. Fico parado, encarando-o durante o que me pareceu uma eternidade, até que ele indica com a mão direita para que eu me sente ao seu lado.

Não saberia dizer quanto tempo demoramos para comer a pizza. Tudo o que realmente importa é que me sentia bem, mesmo que compartilhássemos apenas o silêncio. Além da pizza, é claro. Este é, de longe, o momento mais romântico que eu já havia vivido e agradecia a Bernardo por isso.

Então ele quebra o momento.

— Olha, Dan, entenda que eu quero muito estar com você — Bernardo respira profundamente e repousa sua mão em meu ombro, acariciando-o suavemente. — Mas antes disso você precisa acabar as coisas com a Ingrid.

Ao mesmo tempo em que sua mão acaricia docemente meu ombro, posso sentir a firmeza emanando dela. Sua mão é grande e forte, mas a suavidade quando me toca chega a me surpreender.

— Eu entendo, Ben, mas eu não tive coragem de fazer isso hoje. Tenho medo de me descontrolar com ela...

Já que ele me chamou pelo meu apelido, decido que posso chamá-lo por um também.

— Dan, você tem que entender desde já que a Ingrid não é uma das pessoas mais compreensivas na face da Terra. — No momento em que ele me encara, sou tragado para dentro do mistério de seus olhos. — Você tem que saber lidar com ela. Posso ajudar, se você deixar.

Eu quero a ajuda dele. Mas, agora não consigo pensar em nada mais além de seus lábios e de como eles têm poder sobre mim.

Não percebo o momento em que começo a tocar Bernardo, só sei que não quero que termine. Minha mão deteriorada pela minha própria ignorância passa por seus braços fortes, seguindo pelo peito e a barriga. Não consigo me conter, Bernardo deve ter alguma espécie de imã que me atrai.

Todo o ardor do beijo sobrepõe a dor. Jamais me imaginei em um momento como este. Com as garotas eu evitava toques excessivos, mas com Bernardo eu não tenho limites, nem sei o significado da palavra. Minhas mãos doloridas passam por lugares que eu nunca pensei em tocar, suavidade e rigidez em contato com o seu corpo. Ele não me assusta, muito pelo contrário, me parece mais natural. As mãos de Bernardo percorrem minhas costas, deixando um rastro quente e prazeroso. Quando ele me toca onde eu sempre desejei, sou invadido por uma certa sensação de medo e anseio, mas a suavidade com que me trata logo espanta qualquer coisa negativa de mim. Eu quero mais.

Em seu corpo, eu levanto voo.

Nós nos desvencilhamos bruscamente ao escutar o barulho de galhos pisoteados. Não fosse por isso, teríamos cruzado uma linha sem volta naquele momento.

Levantamos rapidamente e nos encaramos.

— Tinha alguém aqui ou é só impressão minha? — Bernardo pergunta de forma descontraída.

— Não sei, mas acho que tinha sim. — Ele deve ter sentido o medo sobressaindo em minha voz. — Vamos sair daqui.

Bernardo agarra minha mão em uma carícia, mas logo me solta e indica para que eu o siga. Paro e o encaro, querendo dar o próximo passo antes que algo me impedisse:

— Ei, quer saber de uma coisa? — Estou um pouco envergonhado, mas continuo. — Anota meu telefone aí. O final de semana está chegando e podemos nos ver.

Espero o garoto pegar seu celular e o tomo de sua mão, anotando na agenda o número do telefone de casa e meu celular.

— Prontinho! — digo, sorrindo de orelha a orelha. Por mais que ele não consiga me ver claramente, tenho a impressão de que ele está feliz com meu sorriso. — Se você não tiver nada melhor pra fazer, me dá um toque, ok?

Ele segura minha mão com carinho, sem se importar com nada ao nosso redor, como se fôssemos invencíveis.

Não sei quanto tempo ficamos ali, mas não ligo; o que tive foi maravilhoso. Se alguém havia nos seguido, agora sabia que eu não sou hétero coisa nenhuma e isso significa que tudo está perdido, que minha farsa finalmente chegou ao fim.

Não sei se me sinto apavorado ou aliviado com isso.

24

O dia quente e abafado está chegando ao seu fim e o tédio dentro de mim apenas aumenta. Não fui capaz de planejar absolutamente nada para fazer em um final de semana inteiro livre das tarefas. Passei incontáveis horas rebobinando as reviravoltas da semana, tentando buscar algo que eu pudesse utilizar a meu favor.

Não, eu não consegui encontrar nada.

Já passa das cinco horas da tarde e o sol ainda está alto no céu azul e sem nuvens. O verão está quase chegando e eu já não aguento todo este calor sufocante. São Paulo é assim, raramente segue os padrões das estações.

Pelo menos tenho música para alegrar um pouco meu dia. Após algumas opções sem graça, sou presentado com Sleeping With Sirens no modo aleatório do computador. Sem que eu perceba, começo a cantar junto com Kellin Quinn, vocalista da banda:

REMEMBER WHEN THEY SAID THAT WHAT WE WANT COULD NEVER BE DONE?
WHEN IT ALL COMES FALLING DOWN
WE'LL DO WHAT WE WANT TO
SO WE'LL DO WHAT WE WANT TO, YEAH
REMEMBER WHEN THEY SAID THAT WHAT WE WANT COULD NEVER BE DONE?

WELL LOOK WHO'S LAUGHING NOW
WE'LL DO WHAT WE WANT TO
SO WE DO WHAT WE WANT TO, YEAH*.

Ao escutar minha própria voz, fico instantaneamente envergonhado. Nunca chegarei nem aos pés de qualquer cantor americano, mas pareço um papagaio rouco de tanto gritar palavras. Ao mesmo tempo em que me sinto envergonhado por minha voz, "Do it now remember it later" me faz sentir esperança, me leva a acreditar que eu posso ser e fazer o que eu bem quiser.

Esperança...

É exatamente do que eu preciso, algo ao qual me prender, que valha a pena lutar. A única coisa que surge em minha mente quando penso em esperança é no Bernardo. Ele é a única pessoa no momento que pode me ajudar a sair do caos em que eu me enfiei.

Penso em diferentes assuntos que justifiquem um telefonema para Bernardo no final de um domingo, mas não consigo encontrar nada convincente o bastante. Começo a andar de um lado para o outro dentro do quarto bagunçado, impaciente e, ao mesmo tempo, ansioso.

Vejo as roupas e sapatos jogados pelo chão, livros em tudo quanto é canto. Há semanas que não limpo meu quarto, que não arrumo meus livros. Preciso me organizar em todos os sentidos. Quando minha mãe resolver entrar no meu QG, sem dúvidas ela terá um ataque cardíaco.

TUM...TUM...TUM....

Escuto batidas fortes na porta de alguém desesperado para falar comigo. Abro apenas um vão para que eu consiga ver a pessoa. É a excelentíssima senhora minha mãe.

---

* Lembra quando eles falaram que o queríamos nunca poderia ser feito? Quando tudo isso cair aos pedaços, nós faremos tudo que quisermos. Pois é, nós vamos fazer tudo que quisermos mesmo! Lembra quando eles falaram que o que queríamos nunca poderia ser feito? Bom, olha quem está rindo agora, nós vamos fazer o que quisermos. Pois é, tudo o que quisermos será feito!

— ABAIXA ESSE SOM! — ela grita a plenos pulmões, desesperada para ser ouvida.

Indico para que ela espere e sigo até o computador. Pauso a música do We Came as Romans que estava tocando e volto para abrir o quarto.

— Diga, senhorita! — falo, rindo.

Minha mãe revira os olhos de maneira desaprovadora e entrega o telefone para mim.

— É um tal de Bernardo. Disse que estuda com você e precisa conversar sobre alguma coisa urgente. — Ela vira de costas e desce as escadas rapidamente, o barulho dos saltos, que ela parece não tirar nunca, batendo no piso de madeira, ressoando pelo corredor.

Por um momento esqueço que Bernardo está na linha, nem me lembro de ter passado meu número de casa para ele.

— Ei!! — digo em um tom animado demais.

— O que você tá fazendo de bom? — pergunta Bernardo, também com um tom animado em sua voz.

Penso durante alguns segundos, mas chego à conclusão de que devo começar a contar mais verdades.

— Nada, passei o dia inteiro no quarto, olhando para o teto e escutando músicas depressivas. — Rio descontroladamente no final.

Bernardo dá um risinho abafado e fica mudo por um tempo. Tento, em vão, descobrir o que ele está pensando e fazendo nesse meio tempo.

— Então, Dan... — sinto que ele hesita antes de falar. — Eu estava pensando que um cineminha básico faria bem para nós dois — diz, ofegante. — O que você acha? Tem tanta coisa boa em cartaz...

De fato, bons filmes estão sendo exibidos nos cinemas. Por mais que eu não seja um grande fã de filmes — prefiro as séries —, será muito bom passar um momento de calmaria com Bernardo, longe daquele turbilhão de confusões.

— A gente pode ver aquele novo dos mutantes, o que você acha? — digo, um pouco envergonhado por minha sugestão.

Uma explosão de risadas histéricas surge do outro lado da linha. Pelo visto Bernardo achou minha ideia um pouco engraçada demais para acreditar.

— Sério, Daniel? — Ele continua rindo como se sua vida dependesse disto. — Vai ser lindo, de um modo totalmente estranho, não me vejo assistindo um filme de ação junto com você.

— Qual o problema? Eu gosto, ué. — Faço uma pausa para conter a risada. — Já li todos os quadrinhos deles e os filmes são bem legais, apesar de não serem perfeitos!

— Maldita hora em que eu resolvi convidar você sem ter escolhido um filme... — Bernardo diz em um sussurro, ainda contendo as risadas.

— Nós vamos ou não vamos? — Tento falar um pouco mais seriamente desta vez. — Decide logo, caramba!

— Tudo bem, vai se arrumar logo e me encontra na praça de alimentação do shopping, ok?

— Tá, daqui uns quarenta minutos eu chego!

Me arrumo mais rápido do que pensava ser capaz. Tento, em vão, montar um topete com meu cabelo, que está muito comprido, e desisto. Então, apenas o bagunço para que pareça natural.

Estou terminando de colocar algumas coisas na bolsa, quando escuto um diálogo lá embaixo. Eu me esgueiro silenciosamente até o topo da escada. Escutar conversas alheias está se tornando um costume estranho meu. Cada vez mais me pego ouvindo os segredos das pessoas, principalmente se uma delas for minha mãe.

— Paulo, você não tá achando o Daniel estranho ultimamente? — pergunta ela.

— Sandra, eu quase não fico em casa e pra mim ele parece o mesmo garotinho de sempre. — Rebate meu pai. É claro que a conversa o entedia.

— Sabe, ele quase não fala mais com os amigos e agora tem esse tal de Bernardo, que fala com uma voz estranha demais pra ser homem!

— Minha mãe suspira, como se estivesse desesperada. — Eu peguei um pedaço da conversa hoje e eles vão ao cinema juntos. Isso não é normal, não pode ser!

O histerismo na voz da minha mãe deixa claro que ela desconfia de algo. Isso jamais poderia ter acontecido, mas fui burro o suficiente para conversar com Bernardo pelo telefone de casa. Ela não perde essa maldita mania de escutar as conversas dos outros!

— Querida, eu acho que você precisa arrumar um emprego pra parar de criar essas teorias conspiratórias — Meu pai respira profundamente, cansado. — Agora ela está gritando a plenos pulmões. — Se estiver acontecendo algo com o Dan, você vai ser a primeira a saber. O garoto trata você como uma deusa!

— Eu acho bom você estar certo! — Agora ela está rindo, como se tudo isso fosse uma grande piada que ela só entendeu naquele momento. — Ele se distanciou muito de mim e eu não gosto disso. Só de pensar que ele está saindo com um homem eu fico desesperada! Mas não, não é o que eu estou pensando! Agora ela está gritando a plenos pulmões.

— E digo uma coisa, Paulo: se eu arrumar um emprego, quem vai cuidar dessa merda de casa, quem vai cuidar dos meninos? Você?! Me poupe! Você não sabe nem fritar um ovo!

Ouço passos rápidos em direção as escadas. É meu pai fugindo da conversa. Tenho a quem puxar no que se trata de escapar de tretas.

Na verdade, concordo com ele: minha mãe precisa realmente arrumar um emprego ao invés de depender dele para bancar os seus luxos. Mas isso não é da minha conta, o que é do meu interesse: minha vida, definitivamente, está descendo a ladeira.

Eu só quero sair dali, rápido, antes que algum impulso me faça ir até lá e gritar para os dois que eu faço da minha vida o que eu quiser. Mas penso que na atual conjuntura aquilo só tornaria as coisas mais difíceis.

Engole o choro, penso.

Não posso me dar ao luxo de chorar. Não agora.

•••

O filme passa num piscar de olhos. A cena final se desenrola diante de meus olhos, enquanto Bernardo come sua pipoca de forma entediada e vagarosa. Ele aproxima sua mão de minha cabeça, levando-a até os meus cabelos. Começa a afagar minha cabeça carinhosamente, enrolando os cachos por entre os dedos. É só então que lembro que ele estava comendo pipoca e que, provavelmente, suas mãos estão pura manteiga. Fodeu!

— Por favor, me diz que essa mão é que você só estava segurando o saco de pipoca! POR FAVOR!

Bernardo não parece se importar com o meu surto e continua enrolando meu cabelo.

As pessoas começam a abandonar a sala de cinema. O número de garotos entusiasmados e cheios de testosterona é impressionantemente grande. Nós caminhamos pelos corredores lotados do shopping quando decido que quero tomar um sorvete. Arrasto-o até um daqueles quiosques que vendem casquinhas.

— Quer sorvete, Ben?

— O que você acha de a gente dividir um daqueles frozen yogurts? Não gosto muito deste sorvete de baunilha. — diz ele, com aquele olhar de cachorro pidão estampado no rosto.

— Tudo bem. — Ele cedeu à minha vontade de ver um filme que não queria, então não faz mal algum eu ceder à vontade dele.

Bernardo me guia através dos corredores lotados. Diversas vezes esbarro em garotas com os braços cheios de sacolas, mas elas nem percebem, estão conversando entre si ou falando no celular.

O maldito quiosque onde é vendido o tal frozen yogurt parece ficar há quilômetros de distância de onde estamos. O shopping é enorme e já estávamos caminhando há pelo menos dez minutos.

Desvio novamente de uma senhora cheia de sacolas e, sem perceber, bato de frente com uma garota, que solta um grito agudo. O celular que estava em uma de suas mãos cai estrondosamente no piso branco e brilhoso do corredor. A garota se agacha rapidamente, seu cabelo loiro e comprido, com mechas cor de rosa, reluz com a forte luz do ambiente. No momento em que a garota se levanta e me encara furiosamente é que eu percebo a merda que fiz. A garota é, na verdade, a Bia. Quando eu começo a pensar que estou tendo o dia perfeito, me deparo com a última pessoa que desejo ver, aquela que começou todo o meu inferno.

— Dan, você viu um fantasma ou é impressão minha? — pergunta Bernardo, suas mãos percorrendo minhas costas carinhosamente.

Corram para as montanhas. É hora do Apocalipse!

25

Se eu estivesse diante de um espelho, tenho certeza de que veria uma pessoa com a aparência dos cadáveres pálidos usados nas aulas de anatomia.

— AI-MEU-DEUS! Alguém está sendo comido! — Bia diz, rindo histericamente e encarando Bernardo. — Você está saindo com isso, Daniel? Me poupe!

Bernardo, desinteressado na situação, finge um bocejo. Meus punhos se fecham, demonstrando a minha irritação, mas Bernardo me contém, a sua mão agarrando a minha, indicando a Bia que pense bem em suas palavras. Encarando-a, busco nele forças para sair desta situação. Ficamos os três nos encarando durante o que me parece uma eternidade. Bia não dá qualquer sinal de que sairá daqui e eu sei disso. Ela é o tipo de garota que não foge de uma discussão. Bia simplesmente adora um barraco.

As pessoas que circulam ao nosso redor não parecem se importar com a cena que se desenrola, sequer percebem o papelão de Bia. Isso é bom, mas logo essa indiferença acabará.

— Olha aqui, sua vadia malcomida, me deixa em paz! Por que não vai arrumar alguém para manipular? — Encaro Bernardo e aperto sua mão com uma força que não imaginava ter. — Vamos, Ben, ela não vale um pingo do nosso tempo.

Bernardo e eu começamos a caminhar como se nada tivesse acontecido e não percebemos que Bia vem logo atrás de nós. Os saltos batendo furiosamente no chão despertam minha atenção e eu me viro para encará-la novamente.

— Se eu não me engano, você estava namorando com uma tal de Ingrid, não estava? — Ao dizer a palavra namorando Bia faz o sinal de aspas. — Como ela pôde ser tão idiota? Qualquer um vê a bicha que você é, Daniel.

Nem perco meu tempo respondendo. Eu me viro e começo a caminhar novamente, Bernardo ao meu lado, aparentando estar nervoso com a situação.

— Acho que alguém logo vai ter uma surpresinha! — diz Bia ao longe, rindo.

Que aquela vagabunda vá se ferrar!

Eu pensei que havia me livrado dela, mas percebo que isso será difícil. Pelo menos por hora, posso ter um resto de noite tranquila ao lado de Bernardo.

Chegamos ao tal quiosque com uma rapidez surpreendente. Enquanto ele entra para comprar o iogurte congelado, sento em uma mesinha de madeira do lado de fora. Penso no que dizer para amenizar a situação. Afinal, era minha culpa que Bia havia estragado nosso primeiro encontro de verdade, sem se esconder de ninguém.

Sou arrancado dos meus pensamentos ao ver a mão de Bernardo diante de mim, segurando um potinho branco com bolinhas azuis, cheio de um creme cor de rosa com frutas e chocolate.

— Eu sabia que você gostava de morango, mas não tinha certeza do chocolate, acertei? — diz ele, com aquele sorriso que me derrete inteiro estampado no rosto.

Pego a colher que está em sua outra mão e a enterro no creme, pegando uma boa quantidade do iogurte congelado. Engulo a massa para constatar a gostosura e o sabor.

— Maravilhoso!

Bernardo toma a colher de mim e começa a comer o iogurte. Percebo um filete cor de rosa escorrer do lado direito de seus lábios e não consigo me conter: me inclino em direção a ele, nossas bocas estão quase se tocando, quando resolvo parar. Isso não pode acontecer, não aqui na frente de todo mundo.

Ele me encara estranhamente.

— Não, eu não posso fazer isso aqui, Ben.

Bernardo arqueia uma das sobrancelhas e arrasta sua cadeira para o meu lado esquerdo.

— E quem disse que não? — O tom sedutor de sua voz me derrete por completo.

Os lábios de Bernardo tocam os meus como as ondas tocam a areia branca de uma praia. Cada vez que nos beijamos, sou invadido por novas sensações espetaculares. Eu nunca beijei outro garoto em público e tenho medo do que as pessoas podem pensar de mim, de como elas me criticarão.

Ainda sinto este mesmo medo, mas deixo Bernardo conduzir a situação. Seus lábios devoram os meus de maneira calma e apaixonante, nossas línguas se tocam em uma dança libertária, arrepiando até o meu último fio de cabelo. Na verdade, todo o meu corpo está arrepiado.

Este não é um beijo normal, não dentro dos padrões. O momento é único, assim como o beijo repleto de paixão me emociona.

Bernardo se desvencilha de mim, ofegante, me encarando com seus profundos e enigmáticos olhos verdes. Uma mecha de seu cabelo está colada em sua testa por causa do suor. Estudando-o, percebo que sua beleza vai muito além da superfície. Bernardo é um daqueles casos raros de beleza externa — aquele corpo escultural, os lábios finos e os olhos arredondados — e interna. Ainda há muito sobre ele que desconheço, mas tenho certeza de que Bernardo nunca desejou o mal de ninguém, nunca magoou um cachorro sequer para que pudesse ser feliz. Já não posso dizer o mesmo sobre mim, bonito e em forma, mas podre por dentro por excesso de preconceito.

Bernardo deve ter percebido que eu estava me perdendo em pensamentos novamente. Ele pega a colher branca de plástico, enche com o iogurte e a coloca em minha boca.

— Dan, quando você estiver comigo, não precisa ter medo de nada, ok? — Olha o sorriso novamente.

— As coisas foram meio complicadas hoje, sabe? — Seguro o choro, não mereço mais essa vergonha. — Primeiro, escutei minha mãe discutindo com o meu pai por minha causa. Depois, aquela louca fez o show que você viu. Eu simplesmente não consigo mais lidar com essas coisas e ficar bem, Bernardo, não consigo!

Bernardo me abraça. Ficamos assim, corpos grudados, durante um bom tempo, que eu não quero que acabe. Bernardo me segura como se a minha vida dependesse de seu abraço, como se eu pudesse fugir dele a qualquer instante.

— Daniel, você tem que resolver a sua vida e eu já disse que posso ajudar. — Assumindo um tom mais sério, Bernardo me encara, olhando no fundo de meus olhos. — Mas você tem que escolher o que você quer! Eu não posso fazer essa escolha por você. Deixa essa garota pra lá, ela não vale o seu tempo. Você tem duas opções com a sua mãe, ou você abre o jogo ou deixa as coisas como estão.

Eu o encaro, mas não tenho nada a dizer. Como sempre, Bernardo é a voz da razão. Deito minha cabeça entre seu pescoço e seu ombro. Posso ficar assim, com a cabeça recostada nele pelo resto de minha vida. É a única certeza que eu tenho.

26

A sala de aula está estranhamente vazia e o professor ainda não chegou. Gustavo não para de se olhar pela câmera do celular, enquanto Luana rabisca em uma folha branca de seu caderno. Tenho a impressão de estar de volta ao ensino médio, vendo os alunos preguiçosos e entediados — eu, inclusive — esperando que alguém venha nos dar aula ou nos libere.

Até que alguém surge na entrada da sala e eu gelo. Um silêncio aterrorizante toma conta da sala e toda a vida que ali existia parece ser sugada por uma espécie de buraco negro. Ingrid está ali.

Veste uma minissaia preta com babadinhos e uma blusinha que deixa seu umbigo a mostra. O sapato de salto, feito de algo parecido com vinil, reluz com a luminosidade do ambiente. Ela me encara sem dizer uma palavra sequer. Após um hiato constrangedor, o tempo volta ao seu curso normal e as pessoas rapidamente voltam às suas conversas.

De repente, Ingrid começa a caminhar vagarosamente em minha direção. O repique dos saltos batendo no piso me tira do sério e, quando digo isso, quero dizer que eles realmente me irritam.

— Eu preciso falar com você, gatinho! — Diz ela, com aquela voz forçadamente sedutora. — Dá um pulinho no bar depois da aula. Quer dizer, se você for mesmo ter aula.

Confirmo com a cabeça, indicando que atenderei o seu pedido. Ingrid se inclina sobre mim e seus lábios repousam em minha bochecha esquerda, deixando ali uma marca vermelha de batom. Ela segue em direção à porta e deixa a sala rapidamente, como se nunca houvesse estado ali.

Suspiro, aliviado com sua saída. Encaro, em vão, a folha em branco de meu caderno sem que qualquer inspiração para escrever venha à minha mente. Desde que comecei o relacionamento fictício com Ingrid, aquela confusão toda com Bia e a vida acadêmica, escrever se tornou doloroso e incomum. Eu simplesmente não consigo extrair uma palavra sequer de minha mente, refletir sobre algo que não seja a bagunça que eu criei. Não preciso escrever sobre isso, não mesmo.

Começo a pensar em guardar as coisas de cima de minha mesa, quando reparo que Gustavo está parado diante de mim. Levanto o olhar para encará-lo e me deparo com um sorriso malicioso em seu rosto. O cabelo castanho bem penteado brilha com a luz ofuscante, emitida pelas lâmpadas do teto. Seus olhos, negros como a noite, me comem aos poucos. O que ele está aprontado? Somente o fato de Gustavo estar sorrindo para mim já indica que algo suspeito está sendo planejado.

— O que você quer? — pergunto de forma simples e objetiva. Se há alguma pessoa nessa faculdade que eu não gosto nem um pouco de conversar, essa pessoa é Gustavo.

Ele estica uma das mãos, que estava dentro do bolso da bermuda jeans, curta e desfiada. Preso pelas pontas de seus dedos pálidos está um pedaço de papel cuidadosamente dobrado. Vendo que eu não pretendo pegar o papel, Gustavo o solta em cima do meu caderno.

— Leia com atenção, fofinho. — O tom falso de sua voz me irrita completamente, até mais do que aquele barulho causado pelo caminhar de Ingrid.

Reviro os olhos, mas Gustavo já retornou à sua cadeira e está, novamente, mexendo no celular.

Confesso que sinto algo estranho ao fitar aquele bilhete. Não quero abri-lo, mas a curiosidade está prestes a me matar. Encaro o papel dobrado durante minutos a fio, e por fim resolvo abrir. Quando desdobro a primeira parte, sou despertado por palmas. Era Bernardo quem entrava na sala.

— Obrigado pela atenção, seus lindos. — Bernardo diz em um tom entusiasmado, seguido por risadas. — Alba, a coordenadora do curso, pediu pra avisar vocês que estão liberados. Então... U-la-lá, sejam livres, pobres bichinhos enjaulados.

Bernardo não precisa dizer duas vezes. As pessoas se levantam de cadeiras cansadas de aturar aquelas bundas fedidas e, eufóricas, seguem apressadamente em direção à porta. Bernardo encosta na parede ao lado da lousa de tom verde escuro para não correr o risco de ser pisoteado.

Na sala restam apenas eu, Luana e Gustavo, além de Bernardo, é claro.

— Vocês não vão? — pergunta Bernardo, fazendo biquinho.

Lu levanta e acena com a mão para mim. Aceno de volta, sorrindo para minha única amiga de verdade por aqui.

Gustavo, que estava com uma mesa repleta de tranqueiras, se esforça para enfiar tudo dentro da bolsa estilo carteiro. Quando finalmente consegue, se dirige até a porta e me lança um daqueles olhares conspiratórios.

— Não esqueça do que eu falei hoje, tá? — Gustavo diz, me mandando um beijo com a mão ao final.

Bernardo espera até que Gustavo esteja longe e se senta ao meu lado. Sua mão repousa sobre a minha, ainda levemente dolorida, e acende todo o meu corpo. Ficamos assim, parados e olhando para o nada, até que Bernardo resolve quebrar o silêncio.

— O que esse veadinho de merda está querendo? — Nos poucos meses de convivência com ele, nunca havia presenciado um momento em que ele falasse algo em um tom sério como este, sua voz grossa e forte ressoando pela sala.

— Sabe, não faço a mínima ideia, ele só deixou este bilhete na mesa e pronto. — respondo, apontando para o papel dobrado em cima do caderno.

Bernardo pega o papel e o desdobra. Encaro-o, querendo saber o que está escrito. Seu rosto antes calmo, agora parece mármore, rígido e gelado. Bernardo joga o papel em cima da mesa novamente e se levanta, cruzando os braços fortes em frente ao peito. Então, sem dizer nenhuma palavra, pego o bilhete e o leio:

LEMBRA-SE DAQUELE DIA, O PRIMEIRO DE AULA,
EM QUE EU O BEIJEI E VOCÊ PRATICAMENTE ME JOGOU LONGE?
POIS EU LEMBRO MUITO BEM, QUERIDINHO.
LEMBRA, TAMBÉM, QUE EU DISSE QUE VOCÊ IRIA ME PAGAR?
ORAS, EU LEMBRO DISSO TAMBÉM!
POIS ENTÃO, VOCÊ SE GABOU PARA TODOS
OS PRESENTES QUE ERA O MOÇO DIREITO E HÉTERO,
QUE NÃO GOSTAVA DE GENTE COMO EU.
MAS SABE O QUE É LEGAL DISSO TUDO?

VOCÊ SE PEGA COM O CARA
MAIS GOSTOSO DA FACULDADE
ÀS ESCONDIDAS!

AGORA É O SEGUINTE: VENHA CONVERSAR COMIGO, NO MESMO LUGAR
EM QUE EU VI VOCÊS DOIS SE PEGANDO (NO MATINHO, OU DEVO DIZER
NO MATAGAL?), DAÍ VOCÊ ME PAGA E EU FINJO QUE NÃO VI NADA, OK?

BEIJINHOS, SUA RAINHA.

MEU MUNDO ACABA DE EXPLODIR.

Contenho a vontade de chorar que se apodera de mim. Esqueço completamente que minhas mãos ainda estão lesionadas e, sem pensar, dou um murro forte na mesa de madeira.

E outro. E outro. E outro.

Até que Bernardo segura minhas mãos, repousando-as sobre a mesa bagunçada. Sem que eu esteja esperando ou sequer prestando atenção, sinto uma ardência em minha face esquerda. Bernardo havia estapeado minha cara.

— Você tem algum problema mental? — repreende ele.

Reluto em compreender a pergunta de Bernardo. Na verdade, eu não entendo aonde quer chegar. Não faço ideia de por que ele está tão nervoso assim, já que o mais prejudicado nisso tudo serei eu.

Percebendo que não irei responder, Bernardo se inclina sobre a mesa, nossas bocas quase se tocando, e então diz:

— Você tem noção do quão ridícula é essa situação que você mesmo criou?

— PARA! — grito, instintivamente.

— Daniel, quem está precisando de um ponto final é você! — Bernardo respira fundo e fecha a porta da sala. — Você continua insistindo em lutar contra o que é. Apesar de tudo que aconteceu, você ainda não se aceita!

Quero ter a chance de ser feliz sendo quem sou, mas quando começo a pensar em tudo o que posso perder sendo apenas eu mesmo, desisto de tudo. Esta é a verdade.

Infelizmente, criei um mundo em que ser feliz é a última coisa que importa. Nele, viver de verdade pode significar a minha ruína. Posso ver no rosto de Bernardo que ele está de saco cheio de tudo isso, mas simplesmente não consigo pronunciar uma só palavra em minha defesa.

— Dan, fica difícil conversar e resolver os problemas se só eu falo! — O rosto de Bernardo está cada vez mais vermelho, tenho a impressão de que ele vai explodir. — Eu quero ajudar, como eu quero, mas a cada obstáculo que surge, você se tranca dentro desse mundinho fictício criado na sua cabeça. Acorda, caralho!

Eu tento reunir forças para me defender:

— Bernardo, quero lutar e quero ser eu mesmo. Mas, porra! Parece que o mundo conspira contra mim quando as coisas estão se acertando!

Não consigo me conter quando as lágrimas, frias como as águas do Ártico, começam a rolar de meus olhos.

— A primeira coisa que você precisa aprender, Dan, é que o mundo não gira em torno de você! — Bernardo limpa as lágrimas de meu rosto, como se elas fossem preciosas demais para serem desperdiçadas com coisas tão banais. — Precisa entender também que só você, somente você, pode resolver os problemas que causou. Pode começar falando para a sua mãe, por exemplo...

— Não posso. — Em qual momento me tornei este casco vazio e seco? — Simplesmente não posso contar pra ela...

— Dan, larga de ser idiota! As coisas seriam bem melhores se você tivesse se aceitado e se assumido no momento em que nos encontramos pela primeira vez. Você é seu próprio ponto fraco.

Ele tem razão, eu sou minha própria fraqueza, o calcanhar de Aquiles. Eu criei situações que tornaram tudo mais difícil, impossíveis de dar certo. Eu fiz tudo isso simplesmente para esconder as coisas da minha família e agora tudo dependia da minha coragem de contar para eles.

Chacoalho a cabeça, em negação, me levanto e enfio as coisas dentro da bolsa, sem qualquer organização. Uma lágrima, isolada e impaciente, pende em meu olho esquerdo. Limpo-a com uma das mãos. Essa conversa precisa acabar, antes que se torne algo pior. Sigo rapidamente para a porta e quando vou abri-la, escuto um sussurro quase indistinto:

— Você é fraco e vai simplesmente desistir... — E a voz de Bernardo se torna estrondosa. — Me dê apenas um motivo, só um, para não desistir de você.

Será que sou capaz de dizer para ele tudo o que eu sinto?

27

Não consigo definir se sinto raiva de Bernardo ou se o amo mais por me incentivar tanto. Sei que ele só quer me ajudar a sair do buraco em que estou, mas simplesmente não consigo lidar com tanta pressão.

Desço os três lances de escadas, correndo apenas para ter o prazer de sentir meus pulmões queimando, ofegantes em busca de ar. Se algo me odeia incondicionalmente, posso ter certeza que é o meu corpo. Nos últimos meses eu o agredi sem pudor ou responsabilidade alguma. Maços e mais maços de cigarro, seguidos de bebedeiras intermináveis... Isso sem contar a automutilação sem qualquer propósito.

Se existisse alguma espécie de Nobel por ser o cara mais idiota e burro do mundo, eu definitivamente o conquistaria por anos consecutivos.

Interrompo a caminhada brevemente para continuar minha campanha de autodestruição, acendendo um cigarro. Dou duas tragadas antes de voltar a caminhar em direção à saída do campus. Meus pulmões, que queimavam apenas por ofegar, agora parecem estar em chamas. Isso me incomoda, mas eu quero mais é que meus pulmões vão para o inferno, juntamente com todo o resto de mim.

Em meio aos meus devaneios e loucuras, finalmente chego à saída desta maldita universidade. Sem nem parar para recuperar o fôlego, sigo rapidamente em direção ao bar. Avisto, ao longe, Ingrid escorada na mureta que separa o interior do bar da calçada. Ao seu lado está Gustavo, rindo de algo que não me importa. Tenho de conter um impulso agressivo para não correr em sua direção e deixar aquele rostinho bonito todo marcado. Isso não trará bem algum para mim, mas pode ser que alivie essa raiva que cresce em meu peito.

— Vem beber uma gelada com a gente! — A voz estridente de Ingrid me desperta do torpor causado pela raiva.

Tento, inutilmente, esquecer a raiva que sinto por Gustavo, mas simplesmente não posso. Mesmo assim, a única coisa que posso fazer neste momento é me juntar a eles e beber a maldita cerveja.

Eu me aproximo vagarosamente e antes que eu faça qualquer coisa, Ingrid coloca um copo cheio de cerveja em minha mão. As unhas dela, delicadamente pintadas de preto me arranham — não intencionalmente — e deixam uma marca avermelhada e ardente em minha pele branca.

Gustavo continua com aquele sorrisinho debochado no rosto e, por mais que eu queira, não brigo com ele. Ingrid bebe algo estranho e azul, parece que fugido do filme Avatar.

Uma guerra se desenrola em meu cérebro e faço o meu máximo para me controlar. Se dentro da psicologia existisse uma linha divisória entre a loucura e a sanidade, eu estaria tentando me equilibrar entre as duas.

Termino a cerveja em uma só golada e encaro o copo na mão de Ingrid, pensando em experimentar um pouco da bendita bebida, só por curiosidade:

— Ei, me dá um gole disso aí! — Nem espero a resposta e pego o copo da mão de Ingrid.

Bebo muito mais do que o planejado. A bebida é um mix entre o amargo e o cítrico que queima minha garganta, mas mesmo assim continuo bebendo até que o copo esteja vazio. Ingrid me encara perplexa, posso perceber a raiva em seu olhar.

— Ok, agora me dá dinheiro pra comprar outro! — diz ela, já enfiando a pequena mão em meu bolso e tirando a carteira lá de dentro.

— E depois vou querer o seu melhor beijo, já que você tem se escondido de mim esses dias todos.

Ingrid encontra uma nota de cinquenta reais amassada e, sem falar mais nada, segue em direção ao bar, me deixando sozinho com Gustavo.

— Sabe, eu conversei tanto com a Ingrid antes de você chegar... — diz ele com a voz embargada. — Tive que me controlar pra não soltar aquele segredinho nosso, sabe? Foi por tão pouco...

— Cala... — Não consigo terminar de falar, Gustavo me interrompe.

— Cala a boca uma merda, você tá aqui, ó — diz ele, estendendo a palma da mão e apontando para ela. — Agora você vai fazer o que eu quiser que você faça!

A risada estridente de Gustavo ressoa dolorosamente em meus ouvidos. A raiva começa a fervilhar novamente, causando a impressão de que meu sangue está cozinhando nas veias.

Mordo a ponta da língua para tentar me controlar, mas é impossível. A raiva rapidamente me toma e, antes que eu perceba, avanço em Gustavo.

O empurro contra a parede de tijolos cor de abóbora e o mantenho imobilizado apertando seu pescoço com toda a minha força.

— Isso é apenas uma amostra do que vai acontecer com você se abrir o bico, entendeu?

Inesperadamente, Gustavo começa a gargalhar, o som falhando por causa da pressão em sua garganta.

— Isso, gostosão! Continua, eu gosto de macho assim! — Gustavo passa a língua por entre os lábios e continua rindo.

— Você vai gostar do murro que vou dar na sua cara! — Solto-o e deixo o bar.

Caminho rapidamente, sem olhar para trás. Preciso me acalmar, não posso permitir que esse meu lado agressivo tome conta de mim desse jeito. O pior é que isso está se tornando cada vez mais frequente.

Às vezes, me olho no espelho e tudo que consigo ver é uma caricatura estilhaçada, uma versão corrompida e suja de uma pessoa que um dia foi decente. Esse é o monstro em que me tornei. Apenas uma pergunta paira em meus pensamentos: como corrigir todas essas falhas?

28

Desde o dia em que ouvi a conversa dos meus pais, venho tentando ignorar qualquer assunto com a minha mãe. Faço isso colocando música alta nos fones de ouvido ou então fingindo apenas que não a escutei. As poucas palavras que trocamos são cumprimentos ou recados necessários. Nada mais é como antigamente, aquele elo que havia entre nós já não existe. Mesmo sem saber, ela conseguiu destruir laços que nunca mais poderão ser refeitos.

Vou até o computador e coloco a pasta de músicas depressivas para tocar no modo aleatório e aumento o volume ao máximo. Em seguida, para não ser incomodado e nem incomodar alguém, fecho a porta. Me jogo na cama e não paro de pensar, incessantemente, em tudo que vivi até ali. Todas as coisas boas que passei, as ruins que causei e no que a minha vida se transformou. De repente, minha mãe começa a gritar.

Não consigo entender muito bem o que ela diz, o rádio está no volume máximo tocando a minha música preferida e, ultimamente, não dou a mínima para o que ela diz ou não.

Mas é claro que minha mãe não deixará qualquer situação em casa passar em branco. Tem de ter um espetáculo dramático típico de Broadway. E ele se inicia quando ela entra, abrindo a porta com um pontapé.

— Eu já falei para você para não deixar essa porta fechada! Estou gritando há meia hora para abaixar esse som e se arrumar para a faculdade, mas você me escuta? Não, simplesmente me ignora!

Nem me movo, continuo agindo como se ela não estivesse ali. Desde que a sua desconfiança sobre mim começou, ignorá-la é o que sei fazer de melhor. Simplesmente desligo o rádio e começo a arrumar as coisas da faculdade. Ela continua a falar. Percebo que não vai parar tão cedo e, por isso, lhe dou as costas entrando no chuveiro.

Alguns minutos se passam e percebo que ela desistiu de falar comigo. Ao mesmo tempo em que isso me conforta, me entristece. A confusão permeia minha mente, já não sei mais o que é o certo. Devo magoar a pessoa que me criou e me proteger, ou deixar com que as barreiras se desfaçam e correr o risco de perder tudo que tenho?

Espanto esses pensamentos sombrios e saio do banheiro ainda com a sombra de uma lágrima sobre os olhos. Com o rosto fitando o vidro, coloco a primeira peça do meu visual de hoje, a máscara de pedra, a minha única defesa contra aqueles que especulam sobre minha vida, o mundo e as pessoas que vivem nele. No fim das contas acabo vestindo uma calça jeans surrada e uma camiseta cinza. Pego minhas coisas e sigo para a faculdade.

•••

As ruas de São Paulo parecem mais vazias do que o normal esta noite. É sexta-feira e o bar em frente à faculdade está lotado de gente. A primeira pessoa que avisto na multidão é Luana, que me acena, fazendo com que eu tenha certa obrigação em parar naquele lugar. Assim que me aproximo, ela rapidamente me abraça.

— Oi, vem cá tomar uma dose de tequila comigo. E antes que comece com suas frescuras, eu não estou pedindo, estou mandando! — Ela me olha com aquela cara, seus lindos olhos verdes brilhantes sobre mim. Isso torna impossível recusar seu pedido.

— Você não presta, garota. Sabe bem como conseguir algo de mim quando quer... — Ela mal espera eu terminar de falar e me entrega a dose de tequila. — Bom, você conseguiu.

Mato a dose em um único gole e, a partir deste momento é impossível manter a pose. Aos poucos, um sorriso vai surgindo em meio a toda tristeza que estava estampada em meu rosto. Lu percebe que seu truque funcionou e se aproveita da situação para me dar um beijinho, daqueles que amigos costumam dar, e depois disso me oferece um copo de cerveja. Não recuso a oferta e dou uma golada no copo. Abro um maço de cigarros de cravo que estava em meu bolso, acendo um e ofereço outro para Luana.

— Não fumo, esqueceu? — Ela diz rindo, animada como sempre.

Ficamos parados e aproveitando o conforto que o lugar proporciona. Aos poucos, sem que eu perceba, fico melancólico. Lu percebe e a ouço pigarrear em desaprovação.

— Acho bom você ir se animando. Nem precisa me contar o que aconteceu. Se prepare que hoje vamos dançar muito! Os professores faltaram e temos a noite livre para curtir. — Seu tom é animado e isso me contagia de uma maneira única.

Minha tensão vai se aliviando aos poucos e me dou conta de que sou o antigo Daniel novamente. Aquele sorridente, descontraído e simpático. Eu preciso me divertir de vez em quando, me sentir vivo novamente.

As coisas estavam indo bem até demais, mas como tudo que começa tem que acabar, a tensão começa a sobrepor minha felicidade ao ver Bernardo se aproximar, seus cabelos azuis caídos na testa, um sorriso estampado no rosto. Não sei se tenho estômago para enfrentá-lo, como ele irá me tratar depois de eu fugir de suas cobranças. Sei que compensa, mas o preço que devo pagar para ser feliz ao seu lado é muito alto.

Luana repara que Bernardo está se aproximando e me lança um de seus olhares que dizem: isso não é problema meu, faça o que quiser — e em meio a essa troca de olhares não percebo que Bernardo estava falando comigo.

— Daniel? Planeta Terra chamando DANIEL! — É o seu grito que me desperta. — Podemos conversar lá atrás?

— Hum... Podemos, sim. Vai na frente que eu já encontro você. — Falo baixo, para que somente nós possamos escutar.

— Tudo bem... Oi, Luana! — diz, cumprimentando a minha amiga antes de se despedir. — Espero você lá. — Bernardo raramente nota a garota, e esse cumprimento me espanta. Ele está bem animado pelo jeito, ou está aguardando para acabar comigo quando estivermos sozinhos.

Ele caminha por entre a multidão para fora do bar. Espero mais alguns minutos para ir atrás dele. Enquanto ele segue para o nosso local, eu e Lu continuamos observando a multidão animada. Tenho a impressão de ter visto Gustavo, mas ignoro esse fato. Não deixaria ele estragar ainda mais a minha alegria.

Luana deve ter percebido minha cara de bunda e logo me oferece um pouco de bebida.

— Toma logo e vai fundo, amigo. Se ele quer você, não custa nada brincar um pouco! — Ela diz isso dando uma das suas escandalosas gargalhadas.

Concordo com ela. Qual é o problema em brincar um pouco com Bernardo?

A mente fervilha de ideias enquanto sigo para o local em que Ben me aguarda. Estou em frente à saleta do diretório, onde Bernardo se encontra. A porta está fechada, mas entro sem bater. Ele está esticado em um dos sofás sem camiseta, com uma garrafa de uísque em um balde cheio de gelo sobre a mesinha de centro. Junto à tudo isso eu vejo dois copos. Fico boquiaberto diante da visão. Ele exibe um tanquinho capaz de fazer qualquer líder de torcida babar por ele. Só que neste momento o tenho todo para mim.

— Eu estava ficando entediado e com calor. Pensei que você tivesse desistido. — Ele me olha com aquela cara de safado e desce os dedos pela barriga que me deixa baratinado. — Bora, cara, senta aqui do meu lado, vai. Ah, e não esquece de trancar a porta!

Faço o que ele pediu. Afinal, não queremos ser incomodados por nenhum bisbilhoteiro. A primeira coisa que faço, antes de tudo, é encher os dois copos com uísque e gelo. Entrego um para Ben e beberico um pouco do meu, a bebida descendo rapidamente para me dar coragem.

Essa sensação é o estímulo que faltava para eu cair nos braços dele. Mas na minha primeira tentativa de beijá-lo, sou impedido pelo seu dedo, dando sinal para que eu permaneça parado por alguns instantes.

— Apenas fique em meus braços e deixe eu sentir você, Dan.

Não sei ao certo o porquê, mas sou incapaz de negar qualquer um de seus pedidos. Talvez seja como dizem: quando o que sentimos é verdadeiro, ficamos cegos, de mãos atadas e acabamos por esquecer de tudo, até daquilo que nos protegemos.

Seus dedos me tocam, passam vagarosamente sobre mim, mais leves que uma carícia, como se tentassem ler meus desejos, anseios e expectativas. Fecho os olhos e pareço me elevar, a pele arrepiada. Torno-me sopro, nuvem, estrela que brilha e se dissipa, alcançando os céus. Sinto quando ele me puxa e me faz abrir os olhos. Nos olhamos, imersos um no outro.

— Essa é hora que você deve me beijar — ele exige de mim. E eu obedeço, sem pensar em mais nada.

Não perco tempo. Começamos com um beijo calmo, mas a intensidade vai aumentando gradativamente. Chegamos a um ponto onde é impossível controlar a excitação. Quero deixar rolar, mas Bernardo simplesmente me interrompe. Me encara por alguns instantes e depois de dar uma golada em seu uísque, resolve dizer o que aparentava estar entalado em sua garganta:

— Olha, Daniel, eu ainda não esqueci toda aquela situação com o Gustavo. Você precisa resolver as coisas logo. — Ele dá uma golada em seu uísque e me olha, bravo, acabando com o clima. — Eu não quero desistir de você...

Como posso falar a verdade, que não me imagino sem ele, que vivo todos os dias sonhando com momentos como aquele e, ao mesmo tempo, tentando arrancá-lo da minha mente, para não magoá-lo ainda mais? Até quando terei de amá-lo e ao mesmo tempo fingir que não o amo?

Acho que eu não tenho mais redenção.

Sinto uma necessidade imensa de gritar para o mundo que EU SOU GAY, de esfregar na cara de todos o que eu sinto e está guardado dentro de mim. Esse é o preço que devo pagar para conseguir ficar com ele, que tenho vontade todos os dias de pagar. Mas sinto que a partir do momento que fizer isso, posso me destruir. E levá-lo junto.

— Até quando você vai me fazer viver essa mentira junto com você? — Bernardo me olha espantado, me tirando dos devaneios. — Você precisa viver algo real para ser feliz! Ou pensa que transando com aquela vadia e fingindo que não gosta de mim está fazendo algo bom por si mesmo? A resposta é só uma: NÃO, você não é feliz. E com isso, você está me afundando junto com você!

— Bernardo, aprenda uma coisa, a nossa espécie chegou a um ponto em que mentiras são essenciais. A mentira está impregnada em nossos genes. Tudo que fazemos está regado com uma dose dela. Em entrevistas de emprego, namoros e até mesmo nas grandes teorias existentes que tentam classificar essa mistura que somos. — A minha intenção era feri-lo, mas acabo ferindo mais a mim mesmo do que a qualquer outra pessoa.

— Espécie, Dan? Não. Sou alguém que sente, chora, pensa e deseja. Eu sangro, brigo e lamento quando me fazem sofrer. Sou um cara que ama, Dan. E é duro descobrir que a única mentira que existe aqui é o seu amor por mim. Não diga mais nada, por favor. — Ele se levanta e me dá as costas. Sua rejeição naquele instante me destrói.

É nessa hora que eu o escuto chorar, e vou a sua direção, desesperado. Eu me sinto o mais falho dos homens. Tentei de todas as formas não sofrer, por medo e egoísmo. E acabei por machucar quem não merecia. Bernardo, Ingrid, minha mãe.

Este era eu. Alguém que trocava os pés pelas mãos, que carregava o peso de uma culpa maior que o mundo. Uma peça quebrada tentando se ajustar.

Imperfeito.

Vê-lo ali, despedaçado, me faz desejar morrer. Acabar com a minha vida, aqui mesmo, naquele instante. Cair no esquecimento para acabar com todo o mal que eu causava.

— Eu te amo, Dani — ele diz, em meio às lágrimas, mas eu não sei se consigo continuar com este jogo. Simplesmente não sei...

Em nenhuma de nossas conversas, nenhuma mesmo, eu havia visto Bernardo perder a compostura deste jeito. Sempre era eu o chorão da história, o escandaloso, jamais ele. Nunca. Eu não consigo suportar vê-lo aos pedaços, mas me sentia incapaz de fazer algo para acalentá-lo, para fazer com que as lágrimas parem de escorrer pelo seu rosto.

Sento-me ao seu lado e, com o máximo de delicadeza que posso, passo meus dedos para secar suas lágrimas. Faço isso em vão, já que uma simples gota se prende em meus dedos e tenho a impressão de ela me queima. É como um ácido corroendo o metal, como o fogo que consome a madeira aos poucos. A dor aguda e sem qualquer motivo real de sentir empatia pelo outro.

— Para de chorar, por favor... — digo docemente, apesar de saber que eu sou o motivo disto. — Eu que sou o chorão daqui, Ben, nunca você. Eu sou o fraco aqui, lembra?

Sou pego de surpresa quando Bernardo se vira para mim, com mágoa no olhar, e dá um tapa no meio da minha cara. Fico com raiva deste gesto inesperado, mas nem tenho tempo de me ressentir, já que outro tapa vem em seguida. E outro, e mais outro.

Ele me bate, descontrolado, enquanto tento contê-lo. Consigo finalmente segurar as suas mãos e gritar, a plenos pulmões.

— Para, por favor!

Bernardo me fita, cansado, vazio. A luz difusa da sala cria o clima perfeito para um momento romântico e privado, mas isso está longe de ser um romance. Mesmo assim, como uma última tentativa de provar o que sinto, o agarro e tampo sua boca com a minha.

Não sei diferenciar a saliva de nossas lágrimas. Tudo se mistura dentro de nossas bocas, nossas línguas lutando pelo controle enquanto ele novamente tenta se afastar, me esmurrando, tentando fugir de mim.

Para a minha surpresa, Bernardo consegue me empurrar para longe. Durante um longo minuto ele me olha e vejo tudo o que ele costumava ser: aquele garoto decidido, cheio de paixão, dono dos seus atos. Ele logo seca as lágrimas de maneira brusca e adota uma expressão mais séria e inquisidora, que nunca tinha mostrado para mim antes.

Isso me assusta. Neste instante estamos um de frente ao outro, como se estivéssemos em um duelo, os corpos arfando, em rivalidade e expectativa. Noto que meu celular caiu de meu bolso e a foto de Ingrid pisca desesperadamente em uma chamada. Olhamos o aparelho ao mesmo tempo. Logo em seguida, Bernardo me encara, o rosto transtornado, como um lobo esfomeado, ferido e perigoso. Ao vê-lo daquele jeito tenho a sensação de que, na verdade, não conheço absolutamente nada sobre ele. Eu me sinto o cara que mexeu com a pessoa errada. Sabia que o motivo daquela mudança repentina tinha sido a ligação.

Pisei na bola de novo, droga.

Em seu rosto, não há qualquer vestígio de sentimento. Ele permanece calado, fechado em sombras. Termina de beber o uísque que estava em seu copo e dá o primeiro passo em minha direção. Joga o copo no chão, que se espatifa, me fazendo dar um salto. E antes que o silêncio volte a reinar entre nós, ele diz:

— TIRA A ROUPA! — A voz forte de Bernardo me congela e, em seguida, um arrepio intenso percorre minha espinha.

— O quê? — pergunto, com a voz falhando.

— TIRA TODA A ROUPA AGORA!

Fiquei tanto tempo brincando com o fogo... Esqueci que um dia ele poderia me queimar.

29

Medo. Confusão. É só isso que consigo sentir neste momento. Encaro Bernardo em busca de uma resposta para as minhas dúvidas, mas não encontro nada. Naquele instante, ele se torna um enigma. Será que Bernardo havia enlouquecido, em tão pouco tempo, para me tratar daquele jeito? Não sei. Simplesmente não sei.

— O que você tá pensando que eu sou? — digo, com a maior convicção possível.

Bernardo começa a gargalhar e só interrompe para recuperar o fôlego. Ele me encara como se eu fosse uma piada, um rascunho de homem, o que não deixa de ser uma verdade.

— Sabe o que eu acho? Que você é um fracote, Daniel. — Ele continua rindo. — E por ser esse ser miserável, passivo, vai ceder e obedecer ao que eu estou mandando. AGORA!

Bernardo não está de brincadeira. Posso ver a fúria e a confusão que passeiam em seus olhos. Sinto medo e vontade, recusa e desejo, os pelos arrepiados em expectativa do que está por vir. Essa estranha atitude, tanto a minha quanto a dele, me chocam. Nunca havia sequer pensado em ver Bernardo desta forma, seminu diante de um sofá vermelho, em uma pequena sala de paredes negras, mandando que eu tirasse a roupa.

Sinto que tudo o que está acontecendo é culpa minha. Minhas escolhas me conduziram até ali. E eu tenho, por obrigação, de arcar com as consequências.

Enquanto tiro a camiseta cinza lentamente, penso em toda as minhas relações. Bernardo disse que me amava inúmeras vezes, até mesmo Ingrid disse aquelas malditas palavras em alto e bom som. Eu, em contrapartida, não disse nenhuma vez, para nenhum deles. Sempre desdenhei disso, não dei importância, centrado apenas no meu papel de vítima. Como eu tinha sido displicente com os sentimentos alheios.

Bernardo me encara, ansioso, enquanto termino de abaixar as calças. Eu quero isso tanto quanto ele quer, mas é impossível não sentir medo do desconhecido. Sinto, além de um medo intenso e desafiador, a vergonha. Nunca havia ficado nu na frente de outro homem, nem mesmo na frente de meu irmão ou meu pai. Tudo o que está acontecendo é novo para mim e eu não sei ao certo se tenho a coragem de prosseguir.

Mas, mesmo com toda a dúvida que se apossa de mim, prossigo e me sento ao lado de Ben. Ele me encara, a felicidade finalmente aparecendo em seu olhar.

Ele me toca e eu me entrego.

A cada toque de seus dedos e lábios, a cada vez que nossas peles se encostam, braços e pernas definidos a se enroscarem, meu coração faz festa. A cada minuto, a cada gesto sem volta, Bernardo cicatriza as minhas feridas, acalenta a minha alma e me faz sentir menino, nascendo novamente em um misto de sensações impossíveis de definir em palavras.

— Você quer? — Sua voz é sedutora e acaba tornando impossível que eu diga não.

Em seus braços, sussurros e movimentos, criei asas. Virei pássaro, flor, gargalhadas felizes ecoando pelo ar. Eu me sentia curado.

Pele com pele. Pelo com pelo. Homem com homem.

Juntos, em um momento em que sentir parece pecado. Mas na verdade é sagrado. Mergulhado em mim, Bernardo fez eu me sentir perfeito.

Neste momento, eu sou Bernardo e ele é Daniel. Nos unimos em um só ser, sem possibilidades de sermos diferenciados. Nossa alma torna-se uma só, tamanha a paixão. O romantismo de Bernardo é evidente, ele não é do tipo que gosta de coisas casuais e violentas. O rapaz gosta de fazer coisas memoráveis e prazerosas. E é deste jeito que me sinto, inquebrável.

Absolutamente ninguém havia feito com que eu me sentisse amado. Sinto que posso ser quem eu quiser, já que Bernardo consegue me amar e ninguém mais importa.

Em meio à dor e a vida que desperta em mim, Bernardo encontra uma forma de me perguntar com os olhos se eu quero que ele pare. Simplesmente indico com a cabeça que não.

— Me beija, por favor! Eu preciso de mais!

E ele me atende. Meu corpo ganha força, movimento, os poderes se trocam. Eu peço, Bernardo obedece. Gentil e dominador, pedras brutas a se chocarem em um gesto intenso e, ao mesmo tempo, delicado. Sinto-me capaz de morrer, preferindo ficar sem ar a me desvencilhar dos lábios de Bernardo.

E assim eu morro para poder viver.

Só sei que não quero que essa noite acabe nunca. Tudo está tão perfeito, tão incrível, que chega a parecer um sonho.

— Eu não quero perder você — digo, olhos nos olhos, duas pessoas que se amam e se reconhecem como iguais.

— Se depender de mim, nós seremos eternidade.

E repetimos tudo, mais uma vez.

30

Gastamos um tempo para nos vestirmos e depois ainda ficamos por ali, nos beijando mais um pouco, sem pressa e sem medo. Não queria que aquele momento terminasse. Olhei o relógio e me dei conta de que Luana ainda me esperava e também que tinha que resolver os problemas de Ingrid e Gustavo de uma vez por todas.

Fiz menção de sair dentro da sala e Bernardo me estendeu sua mão, abrindo a porta para me acompanhar. Mas eu a recusei, dizendo:

— Ben — pigarreei em busca das palavras certas —, não é melhor você deixar eu resolver essa merda toda antes disso, de mostrar para todo mundo que estamos juntos? Alguém pode ver a gente e tal...

Bernardo se retrai rapidamente e noto que aquele olhar enfurecido toma conta de seu rosto novamente. Eu me sinto mal pra caramba, mas é melhor assim. As coisas vão se resolver logo e poderemos agir como um casal normal, sem restrições idiotas.

Sorrio para ele em um pedido de desculpas silencioso e atravesso a porta. Sem olhar para trás, deixo meu coração junto dele, para que fique seguro até meu retorno.

•••

Quando volto para o bar, era o mesmo, mas diferente. Eu finalmente enxergava o mundo de um novo modo, com todos os seus prazeres e sensações transformando-se em possibilidades. Eu jamais poderei deixar que isso me abandone novamente, nunca.

A leveza que toma conta de mim não se compara a nada. Meus ombros estão mais relaxados, o suor gerado pelo melhor momento de minha vida ainda faz com que a roupa cole em minha pele. Procuro rapidamente por Luana, ainda ofegando, mas a multidão que se aglomera na rua não possibilita uma visão completa. Sou obrigado a caminhar em meio à grande massa de pessoas com copos cheios e sorrisos exuberantes para tentar encontrar a minha amiga.

Apesar de tê-lo deixado na sala há pouco, estou doido para reencontrar Bernardo e ver que tudo aquilo que passamos foi real. Mas, antes, preciso beber algo. Sigo em direção ao balcão lotado do bar. Preciso de algo refrescante para conter todo o calor que sinto.

Sem que eu precise chamar, o atendente vem em minha direção com um cardápio.

— Dá uma olhada e qualquer coisa me grita! — ele diz apressadamente e segue para atender outro cliente. Finjo olhar o papel plastificado calmamente, pois já sei o que pedir, mas não consigo deixar de notar o olhar daquele atendente na minha direção. Isso começa a me incomodar aos poucos, mas contenho a ansiedade e chamo o rapaz.

— Vou querer uma cerveja. A mais gelada que você tiver, por favor!

Ele me olha de soslaio e segue rapidamente em direção ao freezer largo, de um vermelho ofuscante. A música que toma conta do local me deixa tonto e acaba me impedindo de ouvir o que o rapaz me diz ao retornar, mas não me importo. Então, ele coloca a lata de cerveja sobre o balcão e volta a fazer o seu trabalho, quando escuto ao longe uma voz esganiçada:

— Vocês acham mesmo que ninguém desconfia o que aconteceu com você e o seu carinha lá dentro? — Eu me viro apenas para encarar Gustavo com um sorriso triunfante no rosto. — Você voltou todo suado e ofegante. O outro passou por aqui com o cabelo desarrumado e com a camisa amassada. Ninguém é bobo aqui, cara! Eu dei uma chance para você, lindo, mas tem gente que parece que não aprende.

Eu não posso deixar que esse filho da mãe estrague tudo agora. Encho meu copo com cerveja e beberico um pouco, continuo o encarando. Depois de mais dois goles, resolvo respondê-lo:

— O que aconteceu com a gente não é da sua conta, nem de ninguém. Estamos entendidos? — Tento soar o mais sério que consigo. — O que importa é que eu o amo e nem você, nem ninguém, deve dizer uma única palavra para me atrapalhar.

Gustavo começa a rir, achando graça de tudo que acabei de falar e isso me deixa com os nervos à flor da pele. Não penso duas vezes antes de desperdiçar o líquido sagrado do meu copo, atirando a cerveja toda em sua cara, o deixando todo molhado. Seu rosto é tomado por um tom de vermelho, parecido com pimentão.

— Seu otário enrustido. — Ele respira fundo. — Você acabou de desperdiçar sua última chance, agora vai pagar tostão por tostão!

Não dou bola para suas palavras e chamo o atendente do bar, entregando o dinheiro da cerveja em sua mão. Em seguida, olho para Gustavo de cima a baixo e saio rapidamente de perto do bar. Não quero ter de voltar atrás de minhas decisões por causa de um lixo como ele.

Penso em tudo que passei até chegar àquele momento, em tudo que sofri e fiz os outros sofrerem. Com isso em mente, finalmente entendo que preciso acabar com tudo. Preciso ser feliz para que eu possa fazer com que a pessoa que eu amo seja feliz também. Amo Bernardo com toda a força do meu ser, com toda minha alma e coração e simplesmente — pode até ser impossivelmente — não consigo entender como nunca enxerguei isso.

Tudo sempre estivera diante de meus olhos e eu basicamente fui jogando merdas em cima, sem nem pensar nas consequências. Bernardo merece que eu me torne uma pessoa melhor, uma pessoa com amor próprio e que tenha a decência de respeitá-lo.

Continuo caminhando por entre a multidão de jovens alvoroçados e suados. Sem perceber, esbarro em um cara estranho e acabo derrubando seu drinque, mas prossigo meu caminho antes que ele perceba.

Saio do bar e me assusto com a quantidade de pessoas ali fora. Mais cedo, quando estava com Lu, as pessoas ainda começavam a chegar ao local, mas agora tudo parece uma grande festa de fraternidade.

Acendo um cigarro, que tiro da minha bolsa quase vazia, e recomeço minha busca por minha amiga. Sinto uma enorme necessidade de contar tudo a ela, falar sobre a minha primeira experiência e o que eu realmente compreendi com ela. Luana está do meu lado praticamente desde o início e talvez ela saiba me ajudar a resolver as coisas a partir de agora.

Eu não sinto nada — absolutamente nada — por Ingrid, mas ela também não merece tudo que fiz com ela. Compreendo agora que, de tudo que fiz e deixei de fazer, a pessoa mais lesionada da história foi ela. Talvez a ruiva até soubesse de alguma coisa. Afinal, era amiga de Bernardo antes de nos conhecermos, mas isso realmente não importa.

Sou desperto de meus pensamentos ao ser tocado por alguém.

— Tá perdido? — Eu me viro para encarar a dona da voz e me sinto aliviado por ser Luana.

— Não mais. — respondo feliz por tê-la encontrado. — Estava procurando você e preciso da sua ajuda.

Ela me encara com um olhar zombeteiro e curioso estampado no rosto.

— Preciso encontrar Bernardo e Ingrid, me ajuda?

Luana continua me encarando sem entender o que quero dizer com isso e, por este motivo, volto a explicar:

— Eu vou resolver as coisas hoje. — Pigarreio para limpar a garganta antes de prosseguir. — Não posso mais continuar a farsa de merda que eu criei, nenhum dos dois merece o que eu fiz.

— Ok, eu vou procurar a Ingrid, você procura o Bernardo! — Ela diz e sai sem esperar minha resposta.

Ando em círculos por todo o espaço interno do bar. O chão tem um aspecto pegajoso sob a sola do meu sapato. Algum infeliz deve ter derrubado alguma bebida doce demais ali. Bom, pelo menos não está escorregadio, eu não preciso de um tombo na minha lista de situações vergonhosas. A música alta me deixa zonzo, mas tenho a certeza de que Bernardo não está aqui dentro, por isso vou para o lado de fora novamente. Ele, assim como eu, fuma cigarros, então caminho prestando mais atenção nos fumantes.

Apesar da semana de provas estar próxima, eu simplesmente não consigo pensar em nada, além de resolver as coisas com Bernardo. É impressionante a bagunça em que minha vida se tornou, aquela vontade louca de ingressar no mundo acadêmico já não faz tanto sentido quanto antigamente. O turbilhão de confusões e incertezas que tomou conta de mim neste período inteiro só serve para mostrar o quão ingênuo eu sou e que não estou nem um pouco preparado para este tipo de vida.

Tento espantar os pensamentos de minha mente, preciso me focar em encontrá-lo antes que seja tarde. Mas também não consigo deixar de remoer pensamentos sobre o desperdício que será caso eu reprove logo no primeiro semestre.

Não encontrar Bernardo em meio à multidão me dá uma grande sensação de perda. Com isso, tenho uma vaga ideia do que seria perdê-lo de verdade, para sempre. E eu não sei se seria capaz de suportar a dor. É como se uma parte de meu coração ficasse vazio e sem sentido, um coração partido e sem noção alguma do que é ser amado.

O gritinho animado das pessoas só faz com que a dor aumente. Minha visão está se ofuscando com os pensamentos obscuros e, neste momento, sinto medo de desmaiar.

Tento não deixar com que isso me atrapalhe e sigo para a rua menos movimentada e silenciosa. Caminho durante alguns minutos, descendo uma ladeira que termina em uma rua sem saída.

As luzes fracas que emanam dos postes são a única fonte de iluminação aqui. As raras árvores em meio ao mar de concreto acabam por criar um clima sombrio e misterioso. Isso meio que me dá medo e me arrepia. É estranho caminhar sozinho em um lugar como este, principalmente à noite.

Uma brisa fria cobre meu corpo e me deixa arrepiado. Conforme me aproximo do fim da rua, escuto, ao longe, alguns soluços. Não sei dizer se isso é coisa da minha mente, mas continuo andando de encontro ao som.

Após andar alguns metros, eu me surpreendo ao encontrar Bernardo ali, sentado e encolhido contra a parede agarrado à garrafa de uísque quase vazia. Assusto-me ao perceber que os soluços que escutei são provenientes de seu choro.

— Bernardo... — chamo seu nome, mas ele não parece escutar. — BERNARDO!

Desta vez grito a plenos pulmões.

Ele me olha timidamente, sem muito interesse em abandonar sua redoma intocável.

Preciso tomar alguma atitude, mas não sei qual. Eu não posso simplesmente gritar para ele parar, pois eu causei tudo isso. E também não posso deixá-lo ali.

Estendo minha mão para tocar o seu rosto molhado pelas lágrimas. Ele a afasta com um safanão sem muita força, mas persisto. Levanto seu rosto até que ele esteja me encarando.

— Mesmo depois de tudo que aconteceu... De tudo que fizemos... Você tem vergonha de mim... De andar comigo de mãos dadas diante de todo mundo. Não quero mais viver suas mentiras, Dan — ele diz, entre soluços, me acertando como uma punhalada.

— Eu a.... acho que nunca disse para você, Bernardo — começo, atropelando as palavras —, mas eu... eu te amo. Porra.

As palavras soam sinceras e, pela primeira vez em toda a minha vida, verdadeiras. Tenho a sensação de que estou, finalmente, compreendendo o significado de tudo isso e que, agora, finalmente abandonei um fardo pesado e doloroso.

Bernardo não diz nada, apenas continua me encarando com os olhos marejados e, por isso, continuo.

— Eu quero resolver as coisas, de verdade. — Faço uma pausa dramática. — Mas, agora mais do que nunca, vou precisar de você ao meu lado.

Estendo a mão novamente, com a esperança de que ele a agarre com aquela força que somente eu presenciei. E ele o faz.

Neste momento, toda a força e invencibilidade pela qual eu anseio me preenchem. Tornam-me completo. Tenho a certeza de que Bernardo é o que eu preciso, o que me tirará do fundo do poço.

E eu não posso abandonar essa chance.

Bernardo me acorda com sua voz arrastada e tremula:

— Eu só não sei se ainda tenho a força necessária para estar ao seu lado, Dani, simplesmente não sei.

A sinceridade dele corta meu coração. Fui o causador disso, suguei todas as energias de Bernardo.

— Juntos somos mais fortes, meu amor. — digo, com lágrimas surgindo em meus olhos. — Eu só preciso de você ao meu lado, vou lutar por nós dois.

31

Bernardo hesita e se retrai, recusa-se a levantar, como se toda a força o houvesse abandonado, a vida que há poucos momentos foi celebrada tivesse abandonado seu corpo. Estendo minha mão direita para que ele a agarre e se apoie em mim.

Sinto a necessidade de passar para ele a segurança que me proporcionou até agora. Mais do que nunca, preciso fazer com que todos os meus erros tenham valido a pena e me ensinado algo. Se não, qual o bem que eu faria para ele?

— Vamos, cara, levanta! Não consigo ver você assim e não fazer nada, simplesmente não consigo! — Preciso fazê-lo acreditar em mim. Mas parece que falhei...

— Vai se foder! — ele grita e afasta minha mão, com um safanão.

Eu meio que entendo sua reação, fui um verdadeiro filho da puta desde o começo. Ele me entregou tudo o que tinha e eu não dei valor. Mas era hora de compensar.

Me esforço para não o arrastar dali. Pego suas mãos com toda a minha força e começo a puxá-lo. Ele resiste, mas eu não desisto. Finalmente o levanto.

— Nunca mais desistirei de você. — Ele me olha nos olhos e sei que pode ver a sinceridade das minhas palavras. Bernardo me abraça com tanta força que o ar abandona meus pulmões. Inesperadamente começa a chorar em meu ombro, como uma criança sozinha e assustada em meio à escuridão.

Afasto o rosto de Bernardo com as duas mãos e enxugo suas lágrimas. Seus olhos marejados derrubam todas as minhas barreiras e, como nunca, sinto uma forte conexão entre nós que ninguém conseguirá derrubar.

— Me perdoa? — digo suavemente, olhando no fundo de seus olhos.

Bernardo hesita durante alguns instantes, desviando o olhar e encarando o chão cinzento.

— Eu preciso que você me perdoe, Bernardo — suplico. — Eu não conseguirei me desculpar e corrigir meus erros se você não for capaz disso!

— Não sei... — Ele me encara. — Não sei se consigo, preciso de tempo!

Suas palavras causam um aperto excruciante em meu peito, mas não tenho qualquer direito de pressioná-lo agora. Eu causei tudo isso e mereço toda a dor que estou sentindo.

Por um momento quero me esquecer de tudo e voltar a ser o cínico Dan, mas afasto este pensamento. É difícil, confesso, mas preciso tentar me livrar disso tudo, amadurecer, me tornar alguém melhor. Não só para Bernardo, mas para mim mesmo.

Em um impulso, agarro-o pela cintura e começo a caminhar em direção à rua. No começo Bernardo luta contra mim, mas logo se deixa levar, com a cabeça baixa e sem dizer uma só palavra.

Quanto mais arrasto Bernardo, mais seu peso parece aumentar. É estranha essa repulsa. É uma coisa que espero de mim, não dele, essa recusa em ser visto acompanhado de outro homem. Não desta pessoa que tinha me passado tanta força e coragem. Mas o amor e a dor podem ser capazes de destruir o mais forte dos homens, pedaço a pedaço, até que não sobre nada. E o amor por mim tinha lhe ferido gravemente.

O chão asfaltado e íngreme faz com que meus pés doam, dificultando um pouco a subida. A presença de Bernardo é quase imperceptível. Não fosse seu peso e o calor, não poderia dizer que ele estava, de fato, junto de mim.

— Eu preciso que você seja forte, principalmente agora — digo, enquanto continuo arrastando-o. — Eu sei que sou um lixo, mas sozinho não consigo nada!

Bernardo funga em resposta, seu hálito quente envolve meu pescoço, deixando um leve arrepio na nuca. Tento conter todos os meus impulsos, mas o desejo consegue ser maior do que minha força de vontade. Pode ser algo desrespeitoso, mas quero agarrá-lo a qualquer custo.

Paro de caminhar e aperto-o fortemente pela cintura. Preciso sentir o seu calor em mim. Aproximo-me mais de sua boca, não estou nem aí com quem possa nos espionar. Bernardo não facilita muito as coisas, o rosto baixo e os lábios fechados quase impossibilitam que nossas bocas se toquem. Posso sentir sua respiração turbulenta e ansiosa quando meus lábios se aproximam mais dos dele. Quase lá. Quase nos tocando.

Eu quero isso. Me sentir livre novamente.

Tenho a necessidade de libertar todo aquele medo que está preso dentro de meu peito e, finalmente, me tornar quem eu sou. Não quero mais precisar de máscaras para me proteger.

Será que, a essa altura do campeonato, isso ainda é possível?

Nada é impossível quando amamos! Grita uma voz dentro de mim.

Mas será que ainda posso ser amado por Bernardo? Eu não sei, mas realmente preciso tentar. E eu tento.

Chego a encostar meus lábios e sentir o calor da boca de Bernardo, mas essa sensação dura pouco. Uma sensação breve e reconfortante.

E talvez um pouco dolorosa.

Bernardo interrompe o momento de conforto e o transforma em um belo de um inferno. A joelhada vem com força, e em cheio. Eu me contorço, encolhido de dor.

— Por que... — Não consigo completar a frase, antes de ouvi-lo se descontrolar.

— Sai de perto de mim, seu filho de uma puta desgraçado! — Bernardo nunca havia gritado comigo deste jeito, não com tanta raiva.

O pior de tudo é que eu sequer tenho o direito de me magoar com a reação dele. Não fossem minhas decisões estúpidas, nada disso teria acontecido. Bernardo começa a correr em direção à porta da faculdade. Começo a correr também, até que esteja próximo dele, mas ele aperta o passo. O desespero toma conta de mim aos poucos, ofuscando minha percepção.

Não presto atenção alguma nos lugares nos quais estou pisando, se me firo ou não. Apenas quero alcançá-lo e terminar logo com isso. Meu próprio medo me deixou cego, tão cego que nunca percebi o tamanho do amor que sinto por ele. Mas ainda sentia que tinha uma chance de mostrar para ele que poderia ser diferente.

Escorrego ao pisar em uma pedra. Me sinto em queda livre em direção ao chão áspero e gelado da rua.

— DROGA! — grito, sentindo um filete quente e pegajoso escorrendo do meu nariz.

Sangue. Meu sangue.

Quando consigo me levantar, sem dignidade alguma, já não vejo Bernardo em lugar algum.

Começo a caminhar novamente, com a mão esquerda sobre o nariz. Uma pontada de dor aguda faz com que minha cabeça gire e o sangue quente deixa manchas escarlates em minha pele branca.

Mais uma vez droga.

A rua está iluminada e cheia de pessoas, com bebidas nas mãos. Encontrar Bernardo aqui será como encontrar uma agulha em um palheiro. Retiro um lenço de dentro da bolsa para limpar o sangue de meu rosto, mas não há como esconder as manchas na camisa.

O barulho ensurdecedor de várias músicas vindo dos carros espalhados pela rua intensifica a dor que sinto. Tenho a impressão de que desmaiarei a qualquer momento, me sinto zonzo, mas não posso parar agora.

Posso afirmar que preferia ter desmaiado do que ter vivido o aconteceu a seguir...

Fui surpreendido por um belo tapa na cara.

O que é isso, minha gente? As pessoas tiraram o dia para me agredir? Tudo bem que eu mereço, mas as pessoas não precisam vir todas de uma só vez. Isto não está certo!

Eu me viro na direção que veio o tapa e me deparo com uma versão vingada de Gustavo e uma Ingrid vermelha como um pimentão, os olhos cheios de lágrimas.

— Você é um lixo, Daniel. Qualquer merda vale mais do que você! — ela diz, aos berros, avançando em minha direção.

Só consigo ver as unhas, grandes e afiadas, vindo em direção ao meu rosto, mas consigo ser rápido o bastante para segurar as mãos dela. Ingrid luta contra mim como um animal selvagem quando é apanhado. E, Deus, a garota é forte como um touro. Tento contê-la, digo para se acalmar, mas parece ser em vão. Ela simplesmente não me escuta, fechada em sua bolha de dor e rejeição.

Ao perceber que eu não a soltarei, Ingrid apela para um golpe baixo. Sinto seus dentes fortes perfurarem a pele de meu antebraço direito. Por impulso, eu a solto.

— Me desculpa... — tento dizer algo, com a cabeça baixa, tomado de vergonha e dor.

Não preciso olhar ao meu redor para descobrir que uma multidão assiste ao espetáculo. A sensação vergonhosa se intensifica e sinto vontade de cavar um buraco no chão para que tudo seja esquecido, como se eu nunca houvesse pisado neste mundo. Mas sabia que era hora do meu acerto de contas. Estava preparado para enfrentar aquilo de que fugi por tanto tempo.

Ela desiste de me agredir, mas fica ali. Agacha no chão e soluça, inconsolável. O que eu fiz?

Eu simplesmente destruí dois corações em um curto espaço de tempo, apenas para tentar remendar os cacos do meu.

— Você é um covarde, uma desonra para os gays — diz Gustavo, com um tom de satisfação mesclado com indignação.

— E o que dizer sobre você, hein, Gustavo? — Sou surpreendido ao ouvir a voz calma de Bernardo em meio aos risos das outras pessoas.

Não tinha mais esperanças de encontrá-lo aqui, nem mesmo de que ele me defenderia de qualquer coisa depois do que fiz.

— Você é igual a ele, uma vergonha! — Gustavo acusa Bernardo, incomodado por ele me defender.

Não posso deixar de notar o estado de inércia no qual Ingrid se colocou. Vê-la ali, jogada no chão, com os cabelos bagunçados daquele jeito, me fez ver o monstro em que eu me tornei.

Mas eu não sou o único culpado. Aquilo poderia ter sido diferente sem aquele show. O culpado de tudo ter tomado essa dimensão é apenas uma pessoa: Gustavo.

Olho para ele, cheio de ódio, e vejo que tira um canivete prateado nas mãos. Ele olha Bernardo, que tomado pela raiva, vai para cima dele. Fito Gustavo, acuado e revoltado com os dois garotos da faculdade que o beijaram e depois lhe deram as costas e por um momento eu sinto pena. Mas esse sentimento passa rapidamente, pois ele não conseguiu seguir em frente. Sentiu a necessidade de machucar outras pessoas, inocentes, por causa de um plano bobo de vingança. E agora tentaria ferir a única coisa boa que me restava.

Fico cego. É como se o sangue escorresse em meus olhos e eu não pudesse ver nada além de um alvo no meio da cara de Gustavo. Imaginar que ele está pronto para machucar Bernardo não só me deixa assustado, mas também com vontade de acabar com a vida dele de uma vez por todas.

Eu o alcanço e sinto um dos dentes se quebrar quando meu punho o acerta. Ele cai ao chão e eu pulo sobre ele, querendo destruí-lo de uma vez por todas. Ouço vozes gritando ao longe, mas não consigo entendê-las. Alguém tenta me puxar, mas me desvencilho com um forte empurrão.

É nessa hora que vejo o canivete ali, ao meu lado, pedindo para ser usado. Apanho a arma rapidamente e, sem conseguir me controlar, pressiono-a na garganta de Gustavo.

O QUE ESTA ACONTECENDO COM VOCÊ? Uma voz grita em minha mente, mas eu a ignoro.

Vejo lágrimas surgirem nos cantos dos olhos dele e percebo que ele faz força para falar algo, mas simplesmente não consegue. Isso, de certa forma, me satisfaz. Eu preciso acabar com isso!

Alguém me agarra com força e me joga para trás. Eu quero levantar e terminar o que comecei, mas a pessoa me prende ao chão.

Desperto de minha fúria ao receber um belo soco de direita na cara. Não consigo entender muito bem, não consigo. As pessoas não veem quem é o errado desta história?

— Qual o seu problema?! — É Bernardo quem grita diante de minha cara. — Você não dá valor pra sua vida?

O que... O que eu fiz?

Tudo despenca sobre minha cabeça, uma avalanche de dores, emoção e confusão. Eu realmente deixei o meu monstro guiar os meus passos. Tento me sentar, calmamente. Bernardo permite que eu faça isso, mas ainda me segura. Posso ver que seu rosto está tomado de medo e preocupação. O que eu fiz?

Vejo Gustavo ali, praticamente desmaiado, com Ingrid ao seu lado e me lembro de uma das cenas mais chocantes que já presenciei: o garoto sendo espancado no meio da rua.

Eu me tornei aquilo? Não era diferente dos *skinheads* que espancaram aquele menino na Rua Augusta.

Sinto tanta vergonha, tanto nojo, que meu estômago se embrulha.

— O que eu fiz? — Estou prestes a chorar. Olho para as minhas mãos ensanguentadas, com o canivete ainda empunhado. Solto a arma, como se estivesse em brasa.

Fico ali, sentado com a cabeça entre os joelhos, me contendo para não surtar.

— Some daqui, Daniel. — diz Bernardo, a decepção é clara em sua voz. — Você já fez merda demais por hoje.

— Liga pra polícia... — digo, em meio a soluços.

— Não! — grita Bernardo. — Ninguém vai ligar pra polícia, todo mundo viu que você fez isso por me ver ameaçado. Mas você precisa sair daqui agora.

Bernardo não espera que eu me levante e começa a me arrastar dali. As coisas estão um pouco confusas, não sei ao certo o que está acontecendo.

Penso ver alguns carros, ou o estacionamento, não sei ao certo. Minha cabeça começa a girar e tenho a impressão de que vou vomitar. E é isso que acontece. Depois, tudo apaga.

•••

Devo ter desmaiado. Abro os olhos e estou em casa, com uma roupa limpa, na minha cama.

Pouco me lembro de tudo que aconteceu, só sei que desperdicei minha última chance de redenção com Bernardo. Mas, independentemente dos resultados, eu não iria dar passos para trás. As coisas iriam ser resolvidas de uma vez por todas, já que eu não tinha mais nada a perder. E a primeira coisa seria falar com os meus pais.

32

— *Você merece um pouco de tudo isso, sabe?* — *A voz em minha mente diz.* — *Será que você não entende o quanto aprontou? É tão difícil assim?*

Assim como a voz surge, ela desaparece. Em um piscar de olhos.

A luz do sol entra pela janela do quarto. A cama quente e macia parece girar, como em um carrossel desgovernado. As imagens da noite anterior não me deixam. Relembro os gritos, o ódio, o sangue... Será que eu tinha mesmo ferido Gustavo? O ódio fora tanto que eu havia me transformado naquilo que mais desprezava?

É como se um pedaço da minha mente já não fizesse parte do meu corpo. Mesmo com a visão turva por conta da sonolência, consigo notar e sentir o belo estrago feito em minha mão direita.

Mais uma vez eu me xingo. E a voz da minha consciência grita em minha cabeça mais uma vez. — Poderia ter sido bem pior, você quase o matou! — A voz estampava fúria e decepção. — Agora tá aí, desmaiado e, apesar de tudo, alguém sempre cuida de você.

O que é isso que ressoa na minha cabeça? Só podem ser memórias da noite anterior. Tenho certeza de que Bernardo havia cuidado de mim, mesmo após todas as coisas que fiz, mesmo depois de ter pisoteado seu coração.

Lembro vagamente dos eventos que se seguiram após eu ter ido atrás dele. Para falar a verdade, a última coisa da qual eu me lembro é de ter socado a cara de Gustavo após Ingrid descobrir tudo. Se forço a lembrança, surgem imagens, lampejos de Bernardo me dando banho, cuidando de meus ferimentos e me acariciando... Mas se forço demais a cabeça dói de forma infernal. As coisas estão um pouco desconexas, embaralhadas em meio ao caos formado em minha consciência, mas sou inteligente o suficiente para compreender o que aconteceu. Se tudo que eu me lembro for mesmo o acontecido. As imagens se embaralham, perdem o foco, me confundem...

O que importa é que, mesmo depois de mentir para ele e para incontáveis outras pessoas — eu me incluo nesta lista —, Bernardo foi capaz de me perdoar e cuidar de mim.

O que me torna merecedor de alguém como ele?

A necessidade de corrigir as coisas — ou tentar — se torna algo urgente, algo que poderá salvar minha vida e minha sanidade.

Se eu lembro de alguma coisa da noite anterior, havia prometido que diria a verdade a meus pais. É o que vou fazer: só preciso ter forças para me levantar e tomar um belo de um banho. Não que isso seja de extrema importância para que eu consiga abrir a boca e contar toda a verdade sobre mim para eles, mas tenho a impressão de estar com uma cara péssima.

Levanto de supetão e sinto uma espécie de vertigem tomar conta de mim. Seguro na estante de livros para não cair e fico ofegante durante aproximadamente um minuto inteiro. A tontura alivia aos poucos e sigo em direção ao banheiro.

De quem é essa roupa que estou vestindo? Penso alto, deixando as palavras escaparem por entre meus lábios.

Não as reconheço, mas são bonitas. Uma camiseta regata de cor azul marinho, com uma estampa havaiana em tons difusos de vermelho e amarelo. A bermuda branca e desfiada é um pouco justa demais, mas confesso ter gostado da combinação.

Meu nariz está roxo, por causa da queda vergonhosa que sofri ao correr atrás de Bernardo. Os cabelos estão uma bagunça, pra variar, os fios loiros e amarelados formam um emaranhado no topo de minha cabeça, me dando a aparência daqueles jovens meio hippies.

Não vale a pena chorar sobre o leite derramado diante de um espelho. Se eu quero mudar, devo começar por minhas atitudes, devo me tornar uma pessoa forte como Bernardo e parar de ferir a mim mesmo por questões visuais.

Arranco a roupa rapidamente, não deixando de notar o cheiro de canela misturada com sândalo.

— Até nisso ele é bom — digo silenciosamente para mim mesmo, forçando um riso animado.

Logo que entro no box de vidro temperado, ligo o chuveiro. Todo o banheiro é tomado por um vapor quente e ofuscante. A água quase queima minha pele, mas preciso sentir um pouco de dor para lembrar-me de como é ser uma pessoa real, sem aquela máscara pesada que eu fingia ter.

As imagens que minha mente guardou da noite passada começam a zombetear em meu cérebro, provocando certa sensação de nojo. Nojo de mim mesmo, do que eu havia feito com Gustavo e, principalmente, das coisas que fiz para Ingrid e Bernardo.

— Você precisa procurar ajuda profissional. — A voz triste de Bernardo invade minha mente. — Cara, você se privou de tanta coisa, teve tanta vergonha de si mesmo. Isso acabou mexendo com a sua cabeça. Eu quero ajudar você, mas além de não ter mais forças, realmente não sei o que fazer.

Será que ele pensa mesmo isso de mim?

Escorrego com as costas coladas à parede de vidro até que esteja sentado em posição fetal. A sensação que tenho é de mil vespas picando todo o meu corpo, de chibatadas assolando a pele de minhas pernas nuas, de ácido queimando meus olhos. Tudo isso, de certa forma, me ajuda a perceber que o prazo de validade daquela farsa havia chegado ao fim.

Perco a noção do tempo em que fico debaixo do chuveiro. Ao sair, encaro meu quarto durante uma eternidade. Eu me visto com uma camisa velha que encontro, de um tom de rosa desbotado com uma bermuda preta.

Reviro praticamente o quarto inteiro até conseguir encontrar meu celular. Está sem bateria.

Mais alguns minutos se passam até que consigo ligá-lo. Os apitos ensurdecedores indicando mensagens e ligações perdidas fazem com que minha cabeça lateje, me deixando um pouco tonto novamente. Dez ligações perdidas. Nove delas de Bernardo e apenas uma de minha mãe.

Isso só pode ser um indicativo.

Tento, repetidas vezes, retornar a ligação para ele, mas todas vão direto para a caixa de mensagens.

— Eeei, você ligou para o Ben. — A mensagem gravada com sua voz faz uma pausa para rir. — Se não estou atendendo você só pode ser duas coisas: ou não quero mesmo atender ou estou ocupado demais. Beijos.

Onde você está?

•••

O dia passou rapidamente. Mal saí de meu quarto, apenas desci algumas vezes para comer algo ou ver se meu pai já estava em casa. Eu nem mesmo consegui encarar minha mãe durante muito tempo e, graças a Deus, meu irmão passou o dia na rua também.

Tentei, em vão, ligar para Andy. Assumindo todas as minhas parcelas de culpa, assumia que também tinha abandonado os três depois que comecei a cursar o ensino superior. Tudo bem que a Bia não merecia a minha amizade. Mas e o Andy? Eu não havia sido compreensivo com ele da maneira que eu queria que ele fosse comigo.

Line, dentre nós, é a mais neutra. Ela nunca se meteu nas coisas que aconteceram, era apenas como uma testemunha, que acumulava os fatos dentro de si sem expressar opinião alguma.

Em um curto espaço de tempo, fui capaz de desfazer a minha vida praticamente por inteiro em busca de uma proteção que nunca tive. Abandonei princípios antigos em prol de uma mentira esfarrapada e evidente. Afinal, a única pessoa enganada fora eu mesmo.

Eu me lembro como se fosse ontem da primeira vez que encontrei Bernardo naquela tarde em que sentei no MASP para pensar um pouco. Ele, que não sabia nada sobre mim, tinha certeza absoluta de algo que nem mesmo eu queria aceitar. Ele soube, ao olhar para mim, que eu era gay e o pior: que eu não me aceitava. Bernardo só não sabia que teria de fazer um esforço tão grande para me ajudar com isso.

Se o destino é uma coisa real e não uma besteira absoluta, sou realmente grato a ele por ter colocado Bernardo em meu caminho. Por mais que eu tenha sido um grande idiota, não me arrependo totalmente do que fiz. Gosto de pensar que é melhor ter amado alguém como ele, sofrido e o feito sofrer, do que nunca ter sentido o que realmente é essa confusão chamada amor.

Ele, somente ele, foi capaz de me mostrar quem realmente sou. Nenhuma das garotas com as quais fiquei e pensei ter me apaixonado foram capazes de cavar tão fundo para chegar ao meu verdadeiro eu. Nem mesmo meus pais sabem quem sou.

Pego o celular e tento ligar para Bernardo novamente. Nada. Ele não irá me atender.

Não sei se um dia ele me perdoará por tudo que fiz, mas não posso desistir agora. Ligo novamente e, quando ouço o toque após a mensagem, decido deixar um recado.

— Bernardo, é o Dani — não sei ao certo o que dizer. — Preciso muito falar com você. Realmente não sei se você vai me retornar, ou como a noite de ontem terminou, mas quero que saiba que irei me resolver com meus pais hoje. Te amo. Como você me disse em um dos momentos mais lindos da minha vida, juntos somos universo.

Contenho a vontade imensa de chorar que sinto naquele momento e desligo o telefone.

33

As expressões no rosto dos meus pais me causam, ao mesmo tempo, medo e ansiedade. Meu coração está prestes a saltar do meu peito e quicar na mesa de mármore. Eu me remexo sobre a cadeira estofada tentando encontrar uma posição confortável, mas nada disso desfaz o nó em minha garganta.

Busco inúmeras vezes as palavras certas para começar a assustadora conversa que me aguarda. Onde eu estava com a cabeça quando tomei esta decisão?

As palmas de minhas mãos começam a ficar pegajosas com o suor que se acumula nelas. A tensão cresce dentro de mim como quando uma faísca incendeia um palheiro. Sinto calor e frio ao mesmo tempo, enquanto me encontro ansioso para me livrar desse fardo, mas também apreensivo pelo resultado final.

Então, sinto falta de toda aquela coragem que sentia no dia anterior. Ela havia me abandonado

— Dan, ainda não entendi o que você quer falar com a gente — diz minha mãe, impaciente.

— Desembucha logo, Daniel, preciso descansar. — Meu pai parece estar um pouco mais descontraído, dava para perceber em seu modo de falar e gesticular.

Foi difícil me fazer ouvir, chamar a atenção deles aquela noite. Nenhum comentário foi feito sobre a noite anterior, nem houve espanto ao se depararem com os machucados no meu rosto. Mas depois que eu briguei, insisti que precisava dizer algo para eles e consegui reuni-los na mesa da cozinha. Não havia mais como recuar.

Uma sensação vertiginosa invade meu corpo: toda essa pressão para que eu finalmente me liberte das correntes que aprisionam meu verdadeiro eu. Fico tenso, tenho a impressão de que vou desmaiar, por isso corro para a cozinha em busca de água.

Esvazio o copo com apenas um gole, quase engasgando com a água fresca. Respiro fundo, buscando um pouco mais de coragem para abrir a boca, quando ouço minha mãe cochichar com meu pai.

— Ele... Drogas! — Não consigo ouvir a frase inteira, mas não consigo acreditar que ela sequer cogitou que uso drogas.

Volto rapidamente para a sala de jantar, mas não me sento novamente à mesa.

— Eu... Eu preciso contar uma coisa pra vocês, — digo com a voz falhando enquanto busco palavras para me expressar.

Encaro-os durante alguns instantes. Suas expressões demonstram ansiedade e medo, como se eu fosse sacar uma arma ali e matá-los a sangue frio.

— Eu nem mesmo sei como dizer o que preciso — respiro devagar, tentando me acalmar —, eu só preciso que vocês me entendam.

A atmosfera de silêncio que se forma na sala é excruciante. Preciso ouvir alguma palavra saindo de suas bocas, não somente a minha, mas eles permanecem calados, na expectativa. Fixo meu olhar em seus rostos mais uma vez, para que eles percebam o que sinto. E funciona.

— Dani, saiba que se você estiver se envolvendo com drogas, nós estaremos aqui por você. — Minha mãe demonstra preocupação, mas mantém a voz doce e prestativa.

Só que esse não é o meu problema, felizmente. Tento acender uma faísca de esperança dentro do meu coração. Esperança de que eles sejam compreensivos quando ouvirem as benditas palavras saírem da minha boca. Quero acreditar que eles entenderão. Preciso acreditar.

Um vício em drogas é algo extremamente delicado e eles estão dispostos a me apoiar. Por isso, não consigo deixar de ter fé na aceitação dos dois, simplesmente não consigo.

Decido deixar as palavras transbordarem através de minha boca.

— Eu preciso que vocês me ouçam antes de qualquer coisa — respiro fundo — e que saibam que serei sempre o Daniel que vocês conhecem e criaram.

Eles permanecem em silêncio.

— Sei que isso pode ser difícil e estranho — continuo com a voz calma —, mas eu preciso que vocês saibam: eu sou gay. E eu peço desculpas por isso.

As lágrimas que tentei conter há pouco finalmente se derramam sobre minha face fria e pálida, como a queda de uma cachoeira violenta e gelada, cortando caminho pela minha pele. Minha visão se borra gradativamente e mal consigo enxergar os rostos dos meus pais, mas sei que neles se expressa a decepção.

Escuto, aos poucos, os soluços de minha mãe, seguidos de murros na superfície da mesa. Limpo os olhos e os encaro novamente. O rosto do meu pai está vermelho como um pimentão, enquanto minha mãe está de cabeça baixa, chorando silenciosamente. O homem furioso diante de mim se levanta, caminhando com passos leves em minha direção. Percebo, um pouco tarde demais, que ele retira o cinto da calça preta social que veste.

Recuo, vagarosamente, em direção à porta que dá saída para o corredor onde se encontra a escada, mas não consigo fugir.

— Some daqui, agora! — Grita minha mãe, mas é tarde demais.

Sinto o primeiro golpe do cinto de couro em meu abdômen. Ele queima como brasa e meu corpo inteiro grita. A agressão continua e perco a noção do tempo. Eu explodo em dor e sinto que ficarei marcado para sempre. Mas essa dor não é nem de perto tão dilacerante quanto a que corta o meu coração.

Minha dignidade se foi junto com minha vontade de viver. Não existem motivos suficientes para me convencer de que tudo isso será algo passageiro e tenho a impressão de que minha vida, e tudo em que eu acreditei até este momento ruiu junto das minhas esperanças. Se meus pais não me amam como sou, quem vai amar?

Eu fui capaz de destruir minhas amizades, o amor que Bernardo um dia sentiu por mim, e agora o que meus pais sentiam por mim. A cada golpe, sou desmembrado aos poucos, parte a parte, pedaços de esperança se esvaindo para nunca mais voltarem.

Sento no chão, colocando a cabeça entre os joelhos, mas não tenho forças para chorar ou sequer me defender. Deixe que me matem e que isso acabe logo.

Nenhuma palavra sai da boca de meu pai. Isso me corrói por dentro para fora. Eu esperava gritos e xingamentos, mas nada disso sai de sua boca. Ele apenas me açoita como um carrasco de sangue frio e sem sentimentos. Tudo o que eu mereço dele é o silêncio, nada mais ou menos. Apenas o seu desprezo destruidor.

Os golpes cessam e todo o ambiente é tomado por silêncio. Ouço ao longe minha mãe se levantar e sair silenciosamente da sala, mas meu pai permanece ali, provavelmente me encarando, ofegante.

— Agora você pode pegar as suas coisas e sumir daqui. — Ele diz com a voz falha. Tenho a impressão de que ele está chorando.

Espero até que ele saia também, não quero ter de encará-lo. Quando finalmente o ouço se afastar é que levanto a cabeça.

Eu me levanto lentamente, sentindo a dor causada pelos golpes de cinto. Limpo o rosto com as mãos e sigo rapidamente em direção às escadas.

Encaro meu quarto, sabendo que não poderei levar absolutamente nada dali. Tento não pensar em todas as coisas boas que aconteceram nele e de como sentirei falta de todos os meus livros e da minha cama. O processo todo será mais doloroso se eu ficar pensando em tudo e todos ao invés de mim mesmo.

Finalmente entro e pego apenas minha bolsa, com o que quer que esteja dentro, e meu celular, juntamente de minha carteira. Desço as escadas correndo, sem olhar para trás. As lágrimas começam a transbordar de meus olhos novamente, mas continuo seguindo para a porta de saída.

Percebo que minha mãe voltou a se sentar na sala, mas faço questão de não olhar para trás. Não posso... Eu a ouço chorar, mas para falar a verdade, pouco me importo. Ela nem tentou me defender.

Abro a porta rapidamente e faço questão de deixar minhas chaves no chão. O ar gelado da noite agride meu rosto e, pela primeira vez, tenho a sensação de que tudo acabou. É preciso crescer e lidar com os desafios impostos pela vida.

Fecho a porta atrás de mim e tenho a impressão de ouvir um "eu te amo", mas isso não importa agora, não mais. Começo a correr como se minha vida dependesse disso para continuar. Eu corro. E corro. E choro. E corro. As lágrimas e a dor tomam conta de mim, mas eu preciso esquecer, eu devo esquecer.

34

Estou sozinho. Perdido em meio às ruas mal iluminadas da capital paulistana, sem nem mesmo saber o que fazer ou para onde ir. Mas não posso voltar para casa, nem tenho mais um lugar para voltar. Meus pais deixaram bem claro que me queriam fora de suas vidas, que eu não significo mais nada para eles.

O que fiz para merecer aquilo? Acho que nasci, apenas isso. Sempre fui o filho exemplar, com notas altas e comportamento digno de um santo. E abdiquei de muita coisa para ser o que eles esperavam. Eu nunca deixei de ser assim, apenas decidi que seria eu mesmo, que não me esconderia mais. Mas de que adiantariam argumentos agora?

Nem mesmo uma alma viva passa pela rua onde fica o ponto de ônibus. Começo a sentir o que é realmente estar sozinho e, com isso, sinto medo de que a minha vida termine ali, daquela forma. Um ser sozinho, sem ninguém, apenas uma estatística na grande cidade.

Retiro o celular do bolso da bermuda e digito o número de Bernardo. Permaneço encarando o nome iluminado dele na tela de meu celular. Penso duas vezes antes de apertar o ícone de chamada. Penso mais uma. E mais uma. Até que desisto.

Se ele quisesse saber como estou, já teria retornado minha primeira ligação, principalmente por saber que eu passaria por algo tão delicado.

Dê tempo ao tempo, Daniel. Diz a voz em minha cabeça.

E é isso que eu faço, apago os números e busco por Andy em minha agenda telefônica. O que eu fiz com ele — na verdade, o que eu fiz com os meus amigos — não fora certo. Ele tinha o direito de se explicar. E agora que estou sozinho, sou cara de pau o suficiente para correr atrás dele.

Mas, como ele não atendeu da outra vez, uma mensagem de texto talvez deva ser a melhor escolha.

Andy... eu sou um fdp, eu sei disso. Eu me assumi para os meus pais. Não deu muito certo. Eu sei que eu abandonei você, não dei a mínima para a nossa amizade. Mas eu acho que agora só tenho vocês, principalmente você. Me perdoa?

Tenho a impressão de que demora uma eternidade, até que a resposta de Andy finalmente chega ao meu celular.

*Vá à merda.*Simples e direto.

Mas quem eu estou tentando enganar? Andy seria muito idiota caso houvesse me aceitado de braços abertos.

Abro minha carteira. Pelo menos ainda tenho alguns trocados e um cartão de crédito, que em poucos dias com certeza será cancelado. Assim como a minha vida.

•••

Rua Augusta, uma das mais badaladas de São Paulo. A calçada iluminada e abarrotada de gente me proporciona certa sensação de conforto. Onde eu fui parar? Me pergunto.

Eu não sabia para onde ir ou o que fazer, mas me cercar de pessoas pareceu o mais correto . E não há lugar melhor do que a Augusta para isso.

Pessoas de todas as idades e gêneros caminham em ambos os sentidos da rua. Algumas fumando, outras bebendo e há também aqueles que apenas ficam parados, conversando ou se beijando.

Continuo a caminhar, desviando das pessoas em meu caminho. Conforme me afasto do início da avenida, o local fica um pouco mais vazio e calmo, mas a aparência já não é tão convidativa.

Alguns estabelecimentos exibem mulheres praticamente nuas em vitrines de vidro, com letreiros de neon estampando preços e frases convidativas. Enquanto homens altos, vestindo ternos pretos, ficam sentados ao lado das portas dos bordéis, as mulheres dançam como pedaços de carne expostos em um grande açougue.

Desvio meu olhar rapidamente e continuo caminhando. Ando por cerca de trinta minutos até encontrar um lugar mais agradável, um ambiente já conhecido: *O Caçapa*.

Não sei ao certo, mas sinto que devo passar um pouco de meu tempo ali. Querendo ou não, *O Caçapa* me traz boas lembranças de quando eu ainda tentava levar uma vida normal — apesar das inúmeras mentiras e inseguranças.

Acendo um cigarro antes de enfrentar a fila para entrar. Observo tudo ao meu redor, desde o poste com a luz piscando até o chão sujo e cheio de bitucas. A fila está um pouco grande, por isso trago a fumaça vagarosamente, aguardando a minha vez.

Por um momento, acredito que tudo passará, mas isso é apenas mais uma mentira. Afasto essas ideias de minha mente e me forço a acreditar que nada jamais será o mesmo. A merda foi feita e agora devo conviver com isso.

Coloco os cabelos para trás com a mão esquerda e jogo a bituca de cigarro em uma lixeira próxima da entrada. Não demoro muito para entrar no bar. Um pouco lotado, confesso.

Paro perto do balcão em que as bebidas são servidas e observo todo o ambiente. Há pessoas de todos os tipos, se divertindo. Algumas dançam e outras enchem a cara. Não consigo localizar nenhum bom lugar para me sentar, então puxo um dos bancos altos de madeira, junto do balcão. Sento devagar, por causa da dor das cintadas que meu pai me deu.

O painel, cheio de bebidas dos mais variados tipos, acaba me dando água na boca. Aceno para o atendente, que assumo ser muito bonito para estar atrás de um balcão. Ele demora um pouco, mas logo vem em minha direção. Sua camiseta preta está colada ao corpo, exibindo um peitoral definido. Sua pele morena harmoniza com os cabelos castanhos e seus olhos verdes chamam a atenção.

Demoro a notar que ele fala comigo, diante de tal beleza:

— Posso ajudar? — Ele pergunta num tom irritadiço.

— Hm... Desculpa! — Limpo a garganta, envergonhado. — Eu vou querer uma dose de vodca com fatias de limão, por favor.

— Só um minuto. — Ele se vira e segue em direção ao freezer perto de uma porta, que aparenta ser da cozinha.

Tento me conter, mas simplesmente não consigo deixar de encará-lo, de apreciar sua beleza física e a maestria com a qual manuseia as garrafas de bebida.

Você acabou de ser expulso de casa, não faz nem um dia que você estava declarando seu amor por outro cara e agora já está de olho em alguém? A voz em minha mente tem certa razão, mas não quero pensar em nada disso, quero ser apenas eu e mais ninguém. Quero poder, finalmente, me livrar dessa pureza fingida e sem sentido.

O surgimento silencioso do atendente me desperta de meus devaneios. Entrego a comanda em branco para ele e bebo todo o conteúdo de uma só vez. Ele me encara assustado. Deve estar se perguntando qual é o meu problema. Após alguns segundos, começo a sentir a queimação descer através de minha garganta e chegar no estômago vazio. Quem sabe a bebida esquenta o meu coração gelado.

Que se dane, eu mereço.

— Uma cerveja, por favor — peço, gritando para que ele me escute. Assim que retorna com a garrafa esbranquiçada por conta da temperatura, ele me lança um olhar genuíno, misto de pena e desconfiança.

— Vai com calma, amigão. A noite está só começando. — Ele finaliza a frase com um sorriso branco e reluzente, de forma estonteante.

— Eu sei, eu sei. — Rio com vontade. — Eu só preciso me esquecer de algumas coisas.

Começo a me sentir um pouco zonzo após duas garrafas de cerveja. Sigo para o banheiro e me tranco dentro de um dos reservados.

O azulejo, que um dia fora branco, está inundado com urina e outras coisas que não consigo identificar, por isso não me ajoelho. Me curvo ali e enfio dois dedos na garganta, forçando meu corpo a expelir tudo que possa estar em meu estômago.

Sinto uma grande quantidade de líquido amargo sair de minha boca. Quero que aquilo seja todas as coisas ruins que já fiz, todas as mentiras que já contei. Quero que dali saia a antiga vida de mentiras que vivi. Eu quero esquecer.

Tenho vontade de chorar, mas não vou. A partir de agora, sou um novo Daniel, não melhor, mas novo. Lavo o rosto na pequena pia e encaro minha figura no espelho. Eu me redescubro, analisando a expressão enigmática e marcada pela tristeza e pelo abandono que fazem meu rosto diferente.

Eu me desprendo desses pensamentos e volto para o bar, mas não me sento, sigo para a pequena pista de dança.

E eu danço, até estar ensopado de suor. Minhas pernas doem, mas não consigo parar, simplesmente não consigo. Algumas pessoas começam a me encarar com deboche estampado em suas faces, mas não me importo. Eu me sinto livre, me sinto como eu mesmo.

Depois de um bom tempo, retorno para o balcão do bar. O atendente, lindo e sedutor, sorri para mim como se houvesse sentido minha falta. Para recompensá-lo, o chamo com um aceno breve.

— O que vai querer dessa vez? — Diz ele, ainda com o belo sorriso estampado.

— Uma dose de tequila seria uma boa escolha, não? — Digo rindo, retribuindo seu sorriso com uma piscadela.

— Qual é o seu nome? — Ele pergunta antes de ir buscar a bebida, acenando para que eu o espere.

Rapidamente ele está de volta, não somente com a tequila e os limões, mas também com uma taça lustrosa contendo um líquido avermelhando com rodelas de laranja.

— Daniel, prazer — respondo sua pergunta e estendo minha mão.

— Sou Ícaro — Seu aperto de mão é forte e caloroso. Meu corpo instantaneamente se excita. — Esse é um Dry Martini por conta da casa, mas dê uma maneirada na bebedeira, ok?

Finjo dar ouvidos a ele. Afinal, a última coisa da qual preciso no momento é de um estranho querendo tomar conta de mim. Ou não, né? Depende do jeito.

35

Perco a noção do tempo depois de uma boa quantidade de drinks e sinto meu corpo começar a ceder aos efeitos do álcool. Minha visão começa a ficar turva, mal consigo enxergar as pessoas que estão um pouco mais distantes. É hora de parar.

Preciso pensar em algum lugar para ficar, pelo menos neste primeiro dia, mas meus pensamentos se embaralham em meio à confusão proporcionada pelo álcool em meu sangue.

Droga. Não faço a mínima ideia do que fazer, de como me virar. Mas, para que eu consiga pensar em alguma coisa, preciso retomar o controle. Aceno para que Ícaro venha ao meu encontro, o que ele faz rapidamente.

— Eu preciso que você faça um suco muito... — As palavras se embaralham em minha mente e, por um momento, esqueço o que queria pedir a ele. — Já me falaram que doce ajuda, então me traz um suco!

Ele ri discretamente e entra na cozinha.

Estou me sentindo cada vez mais tonto, mais confuso. Tenho a impressão de que, em qualquer momento, desmaiarei sobre o balcão. Respiro fundo e conto atré três.

Algo gelado toca a pele do meu rosto, praticamente queimando onde toca. Só então abro os olhos, que começam a arder muito.

Minha visão turva permite que eu veja um vulto à minha frente, mas não consigo identificá-lo.

— Finalmente! — Reconheço a voz de Ícaro. — Você apagou, cara! Falei pra maneirar na bebida.

Minha visão clareia aos poucos e posso vê-lo novamente. Vejo também um copo grande com líquido amarelo e rapidamente me lembro do suco que havia pedido.

— Eu apaguei? — Solto um suspiro de decepção. — Por quanto tempo?

— Mais ou menos uns cinco minutos. — Ele me entrega a comanda. — Bebe logo o suco, meu turno termina agora e eu vou levar você para a estação de metrô.

Ao olhar a comanda, quase desmaio novamente. Não me dera conta do quanto tinha gastado. No total, havia torrado mais de duzentos reais!

— Quer saber, que se foda! — Penso alto e Ícaro me encara, confuso, sem entender nada.

Termino o suco, entrego a comanda e o cartão de crédito para ele e, após pagar a conta, sigo em direção à saída do bar.

Enquanto espero por Ícaro, acendo um cigarro. A fumaça invade meus pulmões, me desconectando de todos os pensamentos com a eficiência de sempre. O gosto de cravo que impregna minha boca faz com que me lembre daquele primeiro encontro, totalmente aleatório, com Bernardo. Eu me lembro de como as coisas eram fáceis lá atrás, de quando eu ainda conseguia fingir.

Mas Bernardo tinha que ultrapassar todas as minhas barreiras, não tinha? De certo modo, aquilo foi bom, aprendi e cresci. A partir dali, me tornei uma pessoa real.

Um baque surdo atrás de mim me arranca de meus pensamentos. Me viro para a direção do som e me deparo com Ícaro, sem o avental, o que deixa seus músculos ainda mais evidentes.

— Desculpa a demora! — Ele diz rindo, enquanto me puxa para

que eu comece a caminhar junto dele. — Vamos logo para a estação, é meio perigoso aqui nesse horário.

— Então vamos!

A caminhada foi longa e, por isso, acabei conhecendo um pouco a vida de Ícaro. Isso me deixa mal, de certa forma. Falei pouco sobre mim, mas não há muito o que falar mesmo, sou uma concha vazia e abandonada na areia para ser chutada por alguém.

— Entendi que você é um pouco reservado, Daniel. — Ele diz, fazendo beicinho. — Mas gostei de você e só quero que você se sinta melhor, mesmo sem saber o que está perturbando você.

— Obrigado. — Meu tom sai mais frio e seco do que eu planejo.

As pessoas continuam zanzando pela rua, mas o número é bem menor do que aquele que vi no começo da noite. A iluminação precária da esquina que estamos atravessando me deixa apreensivo.

Mas, então, este sentimento me abandona. Sinto a mão quente e forte de Ícaro se esgueirar por entre meus relutantes dedos, até que sinto o forte aperto. Não consigo entender muito bem o que está acontecendo. Ou melhor, prefiro não entender, mas de certa forma, tê-lo do meu lado naquele momento me tranquiliza.

Ele para abruptamente e me empurra contra a parede. Toda a sensação de conforto me abandona, dando lugar ao medo.

— Você pode me explicar o que isso significa? — Digo em um tom feroz.

Mas Ícaro não responde e avança em minha direção. Seus lábios engolem os meus. De início reluto, mas não sou forte o bastante para contê-lo. Meu corpo inteiro se abre ao convite de suas mãos em minhas costas. A força com que ele me toca acaba me deixando sem ar, sem forças para resistir.

Somos interrompidos ao ouvir o barulho de uma garrafa quebrando praticamente ao nosso lado. Nossos lábios se desvencilham com a mesma rapidez com a qual se juntaram e ambos nos viramos para encarar a fonte do barulho.

Ao ver o que está acontecendo, Ícaro me abandona. Ouço-o correr para longe, sem nem mesmo se importar comigo.

De novo não! A cena do garoto de cabelos cor-de-rosa jogado no chão, injustamente agredido por uma cambada de covardes, se desenrola em minha mente. Não tenho tempo para ficar relembrando aquilo, ou para pensar em quão covarde Ícaro é me deixando sozinho.

Você pensou mesmo que um estranho iria ficar em uma situação desse tipo?

Três homens sem camisa correm em minha direção. Eles têm os rostos cobertos por panos de um tom desbotado de preto, apenas seus olhos estão expostos. Confesso sentir medo como nunca senti em toda minha vida, mas não posso correr agora, não mais.

O medo se mistura à raiva latente em mim. A raiva por meus pais, a raiva por Gustavo e Bia, a raiva que sinto por mim.

— Veado do caralho! — Ouço um dos homens gritar, mas não tento descobrir qual, apenas sigo em direção a eles, com meus punhos preparados.

Consigo desferir dois únicos murros antes de ser atingido pela primeira vez. Meu estômago revira ao ser golpeado com tanta força e tenho a impressão de que irei vomitar. Tento recuperar o fôlego, mas sou atingido outra vez com um chute nas costas.

Caio de joelhos no chão sujo e cheio de cacos de vidro. Sinto os cortes em minha pele, sinto o sangue escorrer, mas ainda me esforço para me levantar. Minha cabeça lateja como nunca antes, e começo pensar que irei morrer.

Toda a minha visão gira trezentos e sessenta graus, mas ainda consigo respirar. As coisas vão perdendo a cor gradativamente, passando a um tom obscuro de cinza.

Até que tudo é preto, tudo é escuridão, tudo é solidão.

36

Abro os olhos abruptamente, a alta luminosidade me ferindo, ofuscando quase completamente minha visão.

— Onde estou? — sussurro, pois não tenho forças para gritar.

Aos poucos, a imagem de um quarto extremamente branco se forma. Ouço barulhos mecânicos que me sugerem o trabalhar de aparelhos hospitalares. Percebo, só então, que uma boa porção de fios e tubos estão ligados a mim, alguns nas veias de meus braços, outros em meu peito.

— Ele acordou! — Uma voz feminina e estridente grita de alegria. — Daniel, finalmente!

— Onde eu estou? — Esforço-me um pouco mais para gritar, mas me arrependo logo em seguida.

Minha cabeça é invadida por uma dor forte e perturbadora. Coloco as mãos em ambas as extremidades dela, como se isso fosse fazer a dor parar, mas apenas serve para que eu perceba as ataduras em volta da parte superior de meu crânio.

— O que aconteceu? — Agora sei que estou em uma cama de hospital, com uma daquelas camisolas finas e quase transparentes, cheio de curativos e com a perna esquerda engessada. — Que merda aconteceu comigo?

A imagem de minha mãe, acompanhada de meu irmão, finalmente surge diante de meus olhos. A aparência abatida e chorosa dela acaba me indicando uma tragédia, como se algum ente querido houvesse falecido.

— Você levou uma pancada muito grande na cabeça, Dani. — Diz meu irmão, aparentemente entediado. — Os médicos disseram que você foi operado às pressas, por causa de um coágulo ou coisa assim.

— Mas você está bem agora — diz minha mãe, tentando disfarçar a tristeza e o cansaço que obviamente sente. — Tem alguém aqui querendo ver você desde a semana passada. — Desde semana passada? Não entendo, ontem mesmo estava na faculdade, com Bernardo.

Meu irmão se levanta e para no meio do corredor. Ele faz um sinal com a cabeça e logo volta a se sentar ao lado de minha mãe. Só pode ser meu pai, quem mais poderia ser?

Eu me surpreendo ao ver Andy entrar no pequeno quarto. Ele veste uma calça larga de moletom cinza e uma camiseta regata preta, exibindo os braços malhados e a pele branca. Exatamente como me lembro. Só que seu cabelo mudou, agora está raspado.

As coisas mudam um pouco mais quando Andy decide, finalmente, me encarar. Posso notar o choque em sua expressão, sua pele ainda mais branca do que o normal. Tenho a leve a impressão de que, a qualquer momento, ele desabará diante de mim.

Apesar de tudo o que aconteceu entre a gente, Andy e eu somos como irmãos. Ainda sinto isso entre nós e fico feliz que não tenha mudado. Eu me sinto mal por ele. Não gostaria de me ver da maneira como ele deve estar vendo.

Ele se aproxima lentamente da cama, como se hesitasse em fazer o que quer que estivesse pensando. Mas, mesmo assim, ele chega mais perto e me surpreende.

Silenciosamente, leva a mão direita até meu rosto para enxugar uma lágrima que começa a escorrer do canto de meu olho. Sua mão quente acaba desencadeando uma sensação estranha em mim e automaticamente retorço os lábios. Ele se assusta, mas não se afasta e passa a mão esquerda em seus olhos. Eu não pude notar antes, mas agora posso perceber que ele estava se segurando para não chorar.

Minha mãe se levanta e fica ao lado de Andy, acariciando seus ombros. Ela faz um sinal com a cabeça e Andy se senta ao lado do meu irmão, que se levanta e segue para o corredor.

— Dani, eu e seu pai achamos que você deve voltar para casa. — Ela diz, em um tom animador, com certo resquício de culpa. — Você tem muito com o que lidar.

Se eu não estava entendendo antes, agora as coisas estão ainda mais estranhas. Nunca pensei em viagens longas, quem dirá em abandonar o meu quarto definitivamente.

Noto que Andy ainda me encara, mudo e completamente chocado com toda a situação. Ele sabe de alguma coisa que não sei, posso perceber em seu olhar desconfiado e confuso.

Minha mãe se vira para ele, como se buscasse algum tipo de ajuda, mas não percebo mais nada, apenas quero entender toda a situação.

— Como assim vocês acham que eu devo voltar pra casa? Alguma vez eu saí de lá?

Eles me olham com espanto. Será que perdi alguma coisa?

Primeira edição (agosto/2016)
Papel de Capa Cartão Triplex Ningbo 300g
Papel de Miolo Off-White Lux Cream 70g
Tipografias Anodyne e Janson Text
Gráfica GRAFILAR Gráfica